Cervantes em Cordel
Quatro Novelas Exemplares

Miguel de Cervantes Saavedra

Recontado por
**Stélio Torquato Lima
e Arievaldo Viana**

Ilustrado por
Jean-Claude R. Alphen

Copyright 2014 © Editora Folia de Letras.
Todos os direitos reservados.

Direção Editorial
Duda Albuquerque
Beto Celli

Revisão
Lygia Maria Benelli Goulart

Pesquisa iconográfica
Márcia Sato

Capa, projeto gráfico e editoração eletrônica
AGWM Editora e Produções Editoriais

Ilustração
Jean-Claude Ramos Alphen

Impressão e acabamento
Renovagraf

Edição atualizada com o Novo Acordo Ortográfico da Língua Portuguesa.

Dados Internacionais de Catalogação na Publicação (CIP)
Ficha elaborada por: Tereza Cristina Barros - CRB-8/7410

Cervantes Saavedra, Miguel de, 1547-1616.
    Cervantes em cordel : quatro novelas
exemplares / recontado por Stélio Torquato
Lima e Arievaldo Viana ; ilustrado por ;
Jean-Claude R. Alphen. — São Paulo : Folia de Letras, 2014.

ISBN 978-85-65845-14-4

1. Literatura de cordel brasileira
2. Cervantes, Saavedra, Miguel de, 1547-1616
  I. Lima, Stélio Torquato II. Viana,
  Arievaldo III. Alphen, Jean-Claude R. III. Título.

CDD-398.5

Índices para catálogo sistemático:
1. Literatura de cordel 398.5

Editora Folia de Letras Ltda.
Trav. Leon Berry, 55 – Jardim Paulista
CEP 01402-030 – São Paulo – SP
www.foliadeletras.com.br
atendimento@foliadeletras.com.br

Fac-símile de Novelas Exemplares,
de Miguel de Cervantes Saavedra (1613).

Miguel de Cervantes Saavedra (1547-1616).
Óleo sobre tela de autoria de Juan de Jaurigni, 1600.

Considerado um dos maiores escritores de todos os tempos, Miguel de Cervantes Saavedra (1547-1616) influenciou de tal forma a língua castelhana que esta costuma ser chamada de *la lengua de Cervantes*. Sua genialidade pode ser observada em diversos romances e em sua obra máxima, *Dom Quixote de la Mancha*, publicada em duas partes: em 1605 e em 1616. Foi durante esse intervalo que veio a lume *Novelas exemplares*, da qual extraímos quatro histórias.

Publicada há quatrocentos anos (1613), a obra pode confundir quem venha a se prender apenas ao título. Por um lado, constitui uma reunião de contos, não exatamente uma *novela* literária; por outro, o adjetivo *exemplares* precisa ser relativizado, pois nem sempre há a punição das personagens que se desviam, ou a recompensa daquelas que são vítimas da injustiça.

Escritos entre 1590 e 1612, os doze contos que compõem a obra oferecem ao leitor um rico panorama do contexto sócio-histórico europeu (sobretudo, o espanhol) do final do século XVI e início do XVII. Nessa época dos grandes descobrimentos, a cultura espanhola vivia seu apogeu.

As personagens e os eventos presentes na obra refletem claramente o caráter de transição que marcou aquele período: de um lado, a visão teocêntrica oriunda da Idade Média; de outro, o humanismo que caracterizou a modernidade. Nela, o mundo da corte convive com o universo mais popular, onde habita uma galeria de tipos inesquecíveis, como a alcoviteira, os ciganos, entre outros.

É possível dizer que existem dois grandes grupos de contos em *Novelas exemplares*: as narrativas de caráter idealista e as de caráter mais realista. No primeiro grupo, do qual fazem parte "A força do sangue", "O ciumento" e "O casamento enganoso", a ênfase recai sobre a discussão das relações amorosas e familiares. No segundo grupo, em que se insere "O licenciado Vidriera", a crítica social é mais evidenciada, onde se notam alguns desmandos de pessoas à frente de instituições como a Igreja e a Universidade.

A cada página da obra os leitores continuam se encantando, seja pelos enredos divertidos, seja pela forma interessante como as personagens dão corpo às ideias que Cervantes defendia. Ademais, a presente adaptação para os versos do cordel tem o mérito de renovar a linguagem, contribuindo assim para despertar nos leitores iniciantes o gosto pela leitura.

Por tudo isso, esperamos que você se divirta com os quatro contos que aqui apresentamos.

Boa leitura!

Os Autores

10 O Licenciado Vidriera

*As façanhas e os chistes
de um louco licenciado*

Por Stélio Torquato Lima

32 A força do sangue

*Ardis de um sedutor
e as manobras do destino*

Por Arievaldo Viana

52 O casamento enganoso

*Ardis de um enganador
e a burla que ele sofreu*

Por Stélio Torquato Lima

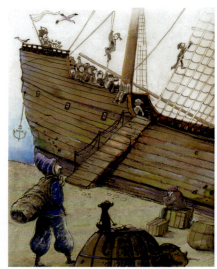

66 O ciumento

*Loucuras de um ciumento
e as manhas de um trovador*

Por Arievaldo Viana

O Licenciado Vidriera

As façanhas e os chistes[1] de um louco licenciado

◇

Por Stélio Torquato Lima

Quatrocentos anos faz
Que *Novelas Exemplares*
Vem encantando os leitores
Dos mais diversos lugares,
Mostrando o dom de um filho
De Alcalá de Henares.

Nesse lugar da Espanha
Foi que Cervantes nasceu,
Autor da obra em foco,
Da qual, para o leitor meu,
Trago a versão de um conto
Sobre um insólito plebeu.

Diz o referido conto,
Produzido por Cervantes,
Que, às margens do rio Tormes[2],
Seguiam dois estudantes,
Tratando animadamente
Sobre assuntos importantes.

Seguiam os dois amigos
Em manifesta alegria,
Quando, repentinamente,
Algo lhes surpreendia:
Debaixo de uma árvore
Um rapazinho dormia.

Vestido de lavrador
E tendo uns doze anos,
O menino pareceu,
Aos olhos dos dois fulanos,
Ter encontrado nos sonhos
A fuga pros desenganos.

O criado de um dos jovens,
Sob a ordem do patrão,
Despertou o rapazinho,
Que descansava no chão.
Ao menino, um dos jovens
Perguntou com prontidão:

— Como é seu nome, garoto?
De que lugar você é?
Não teme estar à mercê
De pessoas de má fé?
Aqui há muito bandido,
Que é a escória da ralé...

O menino respondeu,
Com toda a tranquilidade,
Que não lembrava seu nome
Nem o de sua cidade.
Depois revelou qual era
A sua grande vontade:

— Só sei dizer que pretendo
A Salamanca[3] chegar.
Ali quero achar um amo
Que me permita estudar,
Pois este é o grande sonho
Que me vem acalentar.

Perguntou-lhe um dos jovens:
— Por acaso, sabes ler?
O menino respondeu:
— Sei ler e sei escrever.
E tenho facilidade
De qualquer coisa aprender.

— Por certo, meu camarada,
Deve estar de zombaria,
Pois quem tem esses saberes
Jamais desconheceria
O próprio nome e a cidade
Onde veio à luz um dia.

— Saiba que as informações
Que veio a me pedir
Somente revelarei
Quando um dia eu conseguir
Honrar os meus pobres pais,
Que não podem me acudir.

— Como espera honrá-los
Imerso, assim, na pobreza?
— Com o estudo eu espero
Alcançar essa proeza.
Dos homens nascem os bispos:
Creio nisso com firmeza.

Encantados com a forma
Como o rapaz respondia,
Os dois jovens decidiram
Fazer o que ele queria.
E contrataram o garoto
Que, com garbo, se exibia.

Contente com a decisão
Que a nobre dupla tomava,
O rapaz, sem perder tempo,
Disse aos dois que se chamava
Tomás Rodaja, um dado
Que há pouco sonegava.

Chegando a Salamanca,
A dupla mandou comprar
Uma roupa elegante e preta
Pra Tomás Rodaja usar.
Depois fizeram o rapaz
Na universidade entrar.

Não tardou para Tomás
Mostrar ali seu talento,
Encantando os professores
Com o seu discernimento,
Dominando as mais diversas
Áreas do conhecimento.

Especializou-se em Leis,
Ciências e Humanidades,
Demonstrando possuir
Grandes potencialidades,
Sendo a memória a maior
De suas habilidades.

Quando os amos de Tomás
Os estudos terminaram,
Para Málaga[4], sua terra,
Bem contentes, retornaram.
Tomás Rodaja seguiu
Com os homens que o ajudaram.

Como Tomás desejava
Pra Salamanca voltar,
Os dois amos, por bondade,
Vieram a lhe entregar
Dinheiro suficiente
Pra os estudos terminar:

— Aqui tens, meu bom amigo,
Dinheiro pra que, em três anos,
Tu concluas os estudos,
Dando cumprimento aos planos
De honrar os teus pobres pais,
Livrando-os dos desenganos.

Agradecido demais
Pela oferta recebida,
Tomás foi pra Salamanca
Felicíssimo da vida,
Pois sua meta, enfim,
Viria a ser atingida.

No caminho, entretanto,
Encontrou um cavalheiro
Que, além de capitão,
Era um aventureiro.
De Tomás, ele iria
Modificar o roteiro.

Tendo encontrado Tomás
No percurso da viagem,
Admirou do estudante
O trato com a linguagem.
E, assim, os dois seguiram
Em grande camaradagem.

Dom Diego de Valdívia,
Era assim que se chamava.
Como ele informou,
Para o rei trabalhava
E, saindo em missão,
Para a Itália viajava.

Sobre as grandezas da Itália,
Discorreu o capitão
A formosura de Nápoles,
A fortuna de Milão,
As festas da Lombardia,
De Palermo a diversão.

Tomás Rodaja escutava
Tudo aquilo com prazer,
Desejando grandemente
A Itália conhecer,
Pois sabia que ali
Havia muito pra ver.

A mesma admiração
Que tinha pelo soldado,
Este também possuía
Pelo jovem tão prendado,
Que, ao falar, exprimia
Um saber aprofundado.

Foi pela grande impressão
Que lhe causava Tomás,
Que o capitão, sem rodeios,
Perguntou se o rapaz
Iria com ele à Itália,
Sem gastar nada, aliás.

Tomás, entusiasmado
Com aquele convite feito,
Achou que o tal passeio
Seria algo perfeito,
Além de não perturbar
Sua vida de nenhum jeito:

— Serão três ou quatro anos
Que a viagem irá durar.
Como ainda sou bem jovem,
Poderei, ao retornar,
Concluir os meus estudos
E um bom emprego arranjar.

Vendo o jovem reagir
De uma maneira tão terna,
O capitão começou
A elogiar a caserna[5],
Pintando o militarismo
Como instituição fraterna.

Porém, nada ele dizia
Sobre as minas traiçoeiras,
Sobre a fome e o frio
Que se passa nas trincheiras,
E o frio que as sentinelas
Sofrem por noites inteiras.

Com a intencional omissão,
Dom Diego pretendia
Atrair para a caserna
O jovem que exibia
Tanta elegância e saber,
Tanto garbo e fidalguia.

Percebendo a artimanha,
Tomás, um tanto sem graça,
Informou ao capitão
Não querer assentar praça[6],
Pois a sua vocação
Para as armas era escassa.

Compreendendo as razões
Que lhe expunha o estudante,
Dom Diego afirmou
Que era irrelevante
Se ele fosse ou não soldado
Para seguirem avante:

— Mesmo assim, meu amigo,
Você irá receber
As ajudas e os socorros
Que virão para atender
Os soldados sobre os quais
Eu exerço meu poder.

— Desculpe-me não aceitar
Essa oferta de monta,
Mas aceitá-la seria
Pra minh'alma uma afronta.
Por essa razão, amigo,
Viajarei por minha conta.

— Amigo, uma consciência
Assim tão escrupulosa
Não é própria de soldado,
Mas de gente religiosa.
Nossa amizade, ao ver isso,
Torna-se mais grandiosa.

Pouco tempo após isso,
Os dois foram se encontrar
Com a legião de soldados
Que ia se deslocar
Para a bela Cartagena,
Um exuberante lugar.

O contato com as tropas
Que o capitão comandava
Permitiu a Tomás ver
Do que ele escapava,
Ao não ingressar na vida
Que Dom Diego ofertava.

Pois viu como os soldados
Eram bem deselegantes,
Estando sob as ordens
De oficiais arrogantes,
Sendo as humilhações,
No quartel, muito constantes.

Tomás teve de vestir
O uniforme de recruta,
E teve a mesma rotina
De quem se apronta pra luta.
Dessa forma compreendeu
Dos soldados a conduta.

Dias depois, com os soldados
Pra Nápoles viajou.
No navio em que ia,
Com atenção observou
A rotina em alto-mar,
O que muito o assombrou.

Os mares tempestuosos,
Quase tragando o navio,
O desconforto a bordo,
As doenças e o frio,
Além das trevas da noite,
Criando um clima sombrio.

Enfrentando esses reveses,
Costearam a bela França.
Em Gênova aportaram
Em um dia de bonança.
Tomás, pisando em terra,
Teve alegria em pujança.

Depois de irem à igreja,
Foram à hospedaria.
Depressa, cada soldado
Totalmente se esquecia
Dos dias tão procelosos[7],
Pois chegara a calmaria.

Sem perder tempo, Tomás
Foi conhecer a cidade.
Visitou os monumentos
Daquela localidade,
E se empanturrou de vinho
De primeira qualidade.

A cidade toda era
Um reduto de belezas,
Incluindo os cabelos
Tão loiros das genovesas,
Além das casas nas rochas,
Que lembravam fortalezas.

Depois de solicitar
Ao capitão a licença,
Tomás Rodaja, por terra,
Chegou à bela Florença.
Vendo a beleza dali,
Sentiu alegria imensa.

Tendo seguido pra Roma,
Que é do mundo a capital,
Visitou templos e fontes,
Monumentos do local,
Até ir ao Vaticano,
Lugar do trono papal.

Foi pra Nápoles, Sicília,
Pra Palermo, pra Messina.
Em cada cidade dessas,
Maravilhou a retina
Com coisas que pareciam
Feitas pela mão divina.

Ele passou por Veneza,
Ferrara, Parma, Placência.
Voltou depois a Milão,
Sendo breve a permanência,
Pois iria reencontrar
O capitão em sequência.

Quando Tomás, finalmente,
Com o capitão se encontrou,
Prontamente o militar
Ao estudante contou
Que fora chamado a Flandres,
Pois o rei lhe ordenou.

Tendo pedido a Tomás
Para viajar consigo,
Sem hesitar, o estudante
Foi a Flandres com o amigo.
Ali, eles encontraram
Bom vinho e bom abrigo.

Com o capitão foi ainda
A Antuérpia e Bruxelas,
Encontrando em todo o canto
Coisas realmente belas,
Incluindo entre as tais
As mais formosas donzelas.

Mas chegara, afinal,
A hora de retornar
Para a rica Salamanca,
Onde iria terminar
Os estudos, que lhe trariam
Um futuro singular.

Despediu-se, com tristeza,
Do amigo capitão,
Externando para ele
A eterna gratidão
Por ter lhe levado além
Das fronteiras da nação.

Infelizmente, voltava
Sem ter ido a Paris,
Pois sabia que a cidade
Estava só por um triz
De ser palco de uma guerra,
Embate dos mais hostis.

Chegando a Salamanca,
Foi muito bem recebido
Pelos colegas e mestres,
Dos quais era tão querido.
Com esforço, após três anos,
Graduou-se o referido.

Por essa ocasião,
Uma senhora intrigante
Veio a chegar à cidade,
Causando espanto bastante
Em quem a via usar
Seu poder impressionante.

De certa feita a senhora,
Com o seu canto, atraiu
Todas as aves do lugar,
Pois nenhuma resistiu
Ao poder encantador
Do canto que ela emitiu.

Analfabeto ou doutor,
O plebeu e o homem nobre,
Religioso ou ateu,
Gente rica e gente pobre...
Todos iam visitá-la,
Deixando ali algum cobre.

Tomás Rodaja, sabendo
Que a dama estivera um dia
Na Itália e em Flandres,
Foi até sua moradia,
Pois queria atestar
Se ele a conhecia.

Toda a paz que ele tinha
Naquele dia findou,
Pois a referida dama
Por ele se apaixonou,
E, sem ser correspondida,
Ela não se conformou.

Tomás disse que os livros
Eram sua grande paixão.
Mas a mulher, atingida
No centro do coração,
Fazia ouvidos moucos[8]
A essa informação.

Sem ter como conquistá-lo,
A senhora recorreu
Ao universo das ervas,
E, pra isso, se valeu
De uma receita secreta
Que duma moura[9] recebeu.

Qual Circe[10], cujos venenos
A muitos causaram dano,
A senhora foi atrás
De um marmelo toledano[11]
Para fazer uma poção
De efeito sobre-humano.

Prometera-lhe a moura
Que a poção garantiria
A conquista de Tomás,
Que ela tanto queria.
Precisava, no entanto,
Dar a ele a iguaria.

Com malícia, conseguiu
Fazer Tomás consumir
O marmelo toledano
Que viera a produzir,
Crendo que, dessa maneira,
Poderia lhe[12] atrair.

O efeito, no entanto,
Não foi aquele esperado:
Tão logo Tomás comeu
Do marmelo ofertado,
Bateu os pés e as mãos,
E, então, caiu de lado.

Tal como alguém que sofre
O mal da epilepsia,
Cada músculo do corpo
De Tomás se contorcia,
Numa estranha convulsão,
Que assustava a quem via.

Vendo todo o sofrimento
E a angústia do donzelo,
A mulher que preparara
O já citado marmelo
Juntou suas poucas coisas,
Metendo o pé no chinelo.

Tomás, após o ataque,
Quedou-se desacordado.
Quando ele despertou,
Viu uma pessoa ao seu lado.
Com dificuldade, disse
Quem o tinha envenenado.

Infelizmente, a justiça
Não conseguiu encontrar
A ardilosa mulher,
Que deixara o lugar,
Indo pra outro país
Pra ninguém lhe aprisionar.

Tomás, por longos seis meses,
Na cama permaneceu.
Ficou só pele e osso,
De tanto que emagreceu.
O pior foi que o juízo
Do pobre se enfraqueceu.

Com remédios e com o tempo,
O corpo veio a ter cura.
No entanto, a mente dele
Não teve a mesma ventura,
Ficando, assim, na fronteira
Entre a razão e a loucura.

Era a sua demência
Bem estranha, todavia.
Para se ter uma ideia,
Nenhum doutor conhecia
Outro caso semelhante
Ao que ali ocorria.

Pra começar, certo dia
O enlouquecido sujeito
Sedimentou a ideia
De que de vidro era feito.
Bastava alguém divergir,
Pra ficar bem contrafeito:

— Meu corpo todo é de vidro;
Tenham bastante cuidado.
Se alguém me fizer cair,
Ficarei todo quebrado.
Vidro é, vocês bem sabem,
Material delicado.

A partir daquele dia,
Ele de nome mudou:
Sendo seu corpo de vidro,
A todos ele informou
Que ele era o Vidriera,
Nome que logo pegou.

Por incrível que pareça,
Calhava de o cidadão
Não ter perdido de todo
A lucidez, a razão,
Respondendo sabiamente
À mais complexa questão.

De fato, diversos sábios
Vinham lhe interrogar.
Traziam muitas questões
Difíceis de se explicar.
A tudo ele respondia
De uma forma exemplar.

Sua agudeza de espírito
Grande espanto trazia
Aos letrados, aos doutores,
Mestres em Filosofia,
E aos variados sábios
Que em Salamanca havia.

Usava uma capa larga
Para que não se quebrasse.
Sapatos nunca calçava,
Por mais que alguém lhe implorasse.
Punham bandeja numa vara
Para que se alimentasse.

Temendo que algo, do alto,
Quebrasse a cabeça sua,
Sempre olhava para cima,
Quando andava na rua.
E a dormir num palheiro
Também logo se habitua.

Os amigos o prenderam;
Logo o livraram, no entanto.
Quando ele saiu à rua,
Menino de todo canto
Veio atrás do cidadão,
Causando nele espanto.

Temia que a garotada
Viesse a lhe quebrar.
Por isso, ele implorava
Pra sua vida poupar.
Os outros, ouvindo isso,
Vinham apoio lhe dar.

Porém, o doente, vendo
Gente se aproximando,
Começava a xingar
A quem estava tentando
Afastar quem, contra ele,
Vinha a cometer desmando.

Uma costureira, então,
Zombando, veio a dizer:
— Eu tenho pena de ti,
Mas o que devo fazer?
Pois, se eu chorar, o senhor
Vai se quebrar a valer.

Pra rebatê-la, Tomás
Citou a *Bíblia* assim:
— Filhas de Jerusalém,
Não venham chorar por mim.
Chorem antes por vocês
E por seus filhos, enfim.

Foi essa a primeira vez
Que o louco licenciado
Começou a responder
De modo atravessado
A quem pedisse conselho
Ou se comportasse errado.

Foi assim que, certo dia,
Por um cabaré passando,
Disse que as prostitutas
Faziam parte do bando
Que tinha por comandante
Satanás, o ser nefando.

Quando alguém lhe perguntou
Sobre o que ele diria
A alguém cuja mulher
Deixara a moradia
Pra fugir com outro homem,
Tomás logo respondia:

— Deve dar graças a Deus
Esse seu traído amigo,
Uma vez que o bom Pai
Levou pra longe o inimigo,
Poupando o seu colega
De um terrível castigo.

O ouvinte, inquieto
Com o que acabara de ouvir,
Perguntou a Vidriera:
— Como eu devo agir
Pra viver bem com a mulher,
Sem que ela venha a fugir?

— Dê o que ela precisa.
Não deixe nada faltar.
Permita, então, que ela
Venha em todos mandar,
Com exceção de você,
Que a deve comandar.

Veio um dia um rapaz
Informar a Vidriera
Que fugiria de casa,
E que isso resolvera
Porque o seu rude pai
Com um chicote lhe batera.

— Meu filho, eis o que digo:
Nessa rota não se afoite.
Pisa[13] de pai honra o filho,
A dor só dura uma noite.
Já o verdugo[14] nos ultraja
Com o rigor de seu açoite.

N'outro dia, numa igreja,
Gabando-se dois cristãos,
Vidriera, com sarcasmo,
Falou para os cidadãos:
— Domingo, deixe que o Sábado
Siga os seus caminhos vãos.

Com a rapidez de um raio,
Muito longe já chegava
A notícia de que um louco
A todos aconselhava,
Sendo muito engraçados
Os chistes que ele usava.

Sua fama cresceu tanto,
Que um príncipe desejou
Escutar o licenciado
Que a loucura dominou.
Para tanto, um emissário
A Vidriera enviou.

Quando o tal emissário
Veio a anunciar
Que um homem muito nobre
Queria lhe consultar,
Vidriera informou
Sem nem mesmo hesitar:

— Eu não entro em palácios,
Pois não bajulo ninguém.
Prefiro eu conversar
Com os plebeus que aqui vêm,
Porque eles, com respeito,
Me escutam muito bem.

Mesmo tendo resistido,
Ele acabou por ir
Conversar com o tal príncipe
Que o queria ouvir.
Ao senhor, o grande homem
Veio, então, a inquirir:

— Como foi sua viagem?
Como está de saúde?
Vidriera respondeu,
De uma maneira rude,
Para o nobre que estampava
O vigor da juventude:

— Dos caminhos que se tomam,
Só o da forca é ruim.
Quanto à saúde, informo
Que nada mudou em mim:
O meu pulso e o meu cérebro
Batem em ritmo afim.

Apesar dessa resposta
Um tanto atravessada,
Vidriera deu conselhos
Ao príncipe camarada,
Que gostou muito do louco
Vindo à sua morada.

Daquele dia em diante,
O príncipe ordenou
Que um guarda acompanhasse
O louco com quem falou.
A garotada, assim,
Nunca mais o perturbou.

Um curioso estudante
Veio perguntar-lhe um dia
Se acaso o licenciado
Também poeta seria.
Vidriera respondeu
Com bastante energia:

— Nem tão louco nem tão bom
Eu vim um dia a ser.
Louco é o mau poeta,
Pois vive a escrever
Medíocre poesia
Sem vir isso a perceber.

— É bastante enfadonho
Todo e qualquer mau poeta.
Ele vive a procurar
Uma plateia seleta
Para ouvir os seus versos,
Sendo esta a sua meta.

— Quando consegue alguém
Que possa lhe escutar,
Ele lê o que escreveu
Num afetado recitar.
Se o ouvinte não reage,
Ele volta a declamar.

— Já o poeta de valor
É artigo muito raro.
Dessa forma, camarada,
Pra todo o mundo declaro
Que não amo a poesia,
Pois não a acho onde paro.

A partir daquele dia,
Sem quaisquer hesitações,
Vidriera começou
A zombar das profissões,
Sempre em cada uma delas
Apontando os senões.

O ofício de livreiro
Foi por ele criticado,
Pois Vidriera dizia
Que o autor sempre é roubado,
Pois o livreiro imprime
Mais do que é informado:

— Livreiro nunca respeita
Os direitos autorais.
Se diz imprimir mil livros,
Ele imprime sempre mais,
Não pagando o autor
Pelas vendagens reais.

O ofício de juiz
Também foi questionado
Pelo louco que, em Leis,
Se havia bacharelado.
Seu julgamento, assim,
Estava bem embasado:

— Há juízes que exageram
Na pena de um detento
Para que, ao ocorrer
Um segundo julgamento,
Demonstrem misericórdia,
Ao dar uma pena a contento.

Até mesmo os sapateiros
Foram por ele julgados.
Ao crítico Vidriera,
Os profissionais citados
Sempre ocultavam os defeitos
De seus malfeitos calçados:

— Se o cliente reclamar
Que o sapato é estreito,
Dizem eles que, com o uso,
Fica o calçado perfeito.
Se é frouxo, dizem ser bom
Pra saúde do sujeito.

— Quem é o homem mais feliz? —
Perguntou-lhe, um dia, alguém.
De pronto, ele respondeu
Que se chamava Ninguém
O homem que, neste mundo,
Mais felicidade tem:

— É Ninguém, porque Ninguém
Do pecado se afastou.
Ninguém está satisfeito
Com a sorte que alcançou.
Ninguém nunca irá morrer,
Pois da Morte se livrou.

Na altura do pescoço,
Uma abelha lhe picava.
Ele não a repelia,
Uma vez que receava
Que viesse a se quebrar
Com a força da pancada.

Um rapaz, vendo aquilo,
Perguntou para o senhor:
— Sendo teu corpo de vidro,
Como podes sentir dor?
Vidriera, sem abalo,
Disse ao indagador:

— Certamente, meu amigo,
Essa abelha é faladeira.
Digo isso, pois, se a língua
De uma mulher fofoqueira
Abate um corpo de bronze,
Pra ela vidro é besteira.

Essas e outras façanhas
Cometeu o licenciado,
Numa combinação de crítica
E de humor afinado.
Isso tornou Vidriera
Um personagem afamado.

Durou cerca de dois anos,
A doença de Tomás.
Então, um padre, que era
Em tais doenças um ás,
Na cura de Vidriera
Revelou-se eficaz.

Tomás, reavendo a razão,
Voltou a ser o que era.
Com as vestes de bacharel,
Que o sacerdote lhe dera,
Ele parte para a corte,
Onde enriquecer espera.

Licenciado Rueda
Chamava-se ele agora.
Não Vidriera ou Rodaja,
Como se chamava outrora.
Ia, assim, bem confiante,
Sonhando com nova aurora.

No entanto, a má fama
Que adquiriu como louco
Tornou-se um empecilho,
Como notou pouco a pouco,
Porque não lhe respeitavam
Nem lhe ouviam tampouco.

— Não é Vidriera, o louco? —
Disse alguém a um amigo.
— Por que motivo está livre?
Isso é um grande perigo.
Tudo isso ele ouvia,
Como se fosse um castigo.

Com perguntas escabrosas,
Sempre ele era testado.
Todos queriam ouvi-lo
Pra ver se fora curado.
Quando ele reparava,
Estava sempre cercado.

O advogado Rueda,
Fitando cada sujeito,
Discursou pra multidão
Que o tratava sem respeito,
Revelando as razões
Que o punham insatisfeito:

— Amigos, fui Vidriera,
Mas Rueda hoje sou.
Quis Deus que eu enlouquecesse,
Porém, Ele me curou.
Todavia, aqui parece
Que ninguém acreditou.

— Vim aqui advogar,
Pois sou formado em Leis.
Fui estudante louvado,
Como todos vós sabeis.
No entanto, minha glória,
Por má vontade, esqueceis.

— Eu tinha muitos clientes
Ao ser alvo da loucura.
Agora, que estou curado,
Quase ninguém me procura.
Isso vai me corroendo
E trazendo-me amargura.

— Tragam as mesmas perguntas
Que, quando louco, eu ouvia.
Se procederem assim,
Me darão a cortesia
De mostrar que sou amigo
Da excelsa[15] sabedoria.

— Agora, que estou são,
Podendo melhor pensar,
Melhores respostas tenho
Para quem me procurar.
Testem-me, caros amigos,
E isso irão testemunhar.

Apesar de todo o ardor
Com que ele discursava,
Logo o passar do tempo
Para ele comprovava
Que seu ofício nas Leis
Pro abismo se encaminhava.

Agora que estava são
Perdera o que o distinguia:
Ser um conselheiro louco
A curiosidade atraía.
Como um rábula[16] comum,
Com os outros se confundia.

Quase sem nenhum cliente,
Como iria viver?
Não conseguia dinheiro
Nem mesmo para comer.
Foi então que decidiu
Outro rumo percorrer.

Por Dom Diego de Valdívia,
Ele, em Flandres, procurou.
Ao capitão, sua história
Rapidamente contou.
O militar, bem fraterno,
No exército o engajou.

Foi assim que o Destino
Fez com que o licenciado,
Estudante talentoso,
Competente advogado,
Viesse a ganhar a glória
Como um valente soldado.

Concluindo a narração
Dessa história singela,
Trago ao leitor um adágio[17]
Que combina bem com ela:
Quando Deus fecha uma porta,
Logo abre uma janela.

A força do sangue

Ardis de um sedutor e as manobras do destino

Por Arievaldo Viana

Para o leitor que aprecia
Um bom romance rimado,
Leia agora este episódio,
Há muito tempo passado
Em Toledo, na Espanha,
Por Cervantes foi narrado.

Em *Novelas exemplares*
Se encontra essa história.
Eu a li quando criança
E ainda trago na memória.
Narra um grande sofrimento,
Com final cheio de glória.

Um cidadão de Toledo
Retornava com a família
De um passeio vespertino
Por uma sinuosa trilha:
Ele, a mulher, um menino
E também sua linda filha.

Chamava-se Leocádia
Esse anjo de formosura.
Era o orgulho de seus pais,
Meiga flor de criatura.
Contava dezesseis anos
E era virgem, casta e pura.

A tarde se derramava
Nos montes do Ocidente.
A lua já despontava
Taful[18] e resplandecente,
Iluminando a passagem
Dessa família inocente.

O garotinho brincava
Ao lado de sua irmã.
Tinham os cabelos dourados
Como os raios da manhã,
Seguiam sem imaginar
Da desgraça o triste afã.

De repente, eis que despontam
Do outro lado da estrada
Três ou quatro cavaleiros,
Fazendo enorme zoada.
Todos tinham boa arma
E a feição mascarada.

Dirigiram aos viajantes
Insultos e palavrões.
Riam, faziam caretas,
Sem temer repreensões,
Enquanto a mãe e a filha
Faziam suas orações.

Um desses arruaceiros
Era Rodolfo Quezado.
Quando fitou Leocádia,
Ficou quase transtornado,
Pois, ao ver tanta beleza,
Sentiu o peito apertado.

Este jovem era filho
De família potentada,
Senhora de muitos bens,
De ouro muito abastada.
Residiam em Toledo,
Na margem daquela estrada.

Devido a sua pouca idade,
Era muito estouvado[19].
Sendo o jovem filho único,
Criaram-no tão mimado,
Já que os pais só faziam
O que era do seu agrado.

Como sempre há pessoas
Prontas para bajularem,
Os amigos de Rodolfo,
Sem nunca lhe censurarem,
Apoiavam seus desmandos,
Com o fim de lhe agradarem.

Partiram os cavaleiros,
Deixando a família em paz.
Seguiram ali apressados,
Deixando o local pra trás.
O velho, muito assustado,
Não conhecera o rapaz.

Rodolfo não esquecia
Leocádia, por ser bela.
Comentou com os amigos,
Falou da beleza dela.
Logo, alguém se ofereceu
Pra raptar a donzela.

Todos ali apoiaram
Os seus instintos brutais.
Botaram de novo as máscaras,
Montaram nos animais.
Foram tomar Leocádia
Da proteção de seus pais.

Novamente teve início
O terrível pesadelo.
A família de Leocádia
Ante aquele desmantelo[20]
Via mancharem sua honra,
Guardada com tanto zelo.

Leocádia ainda correu,
Mas Rodolfo lhe alcançou.
Pegando-a pela cintura,
Na lua da sela a botou.
A donzela raptada,
Nesse instante, desmaiou.

Rodolfo a conduziu
Pra sua rica mansão.
Desapeou do cavalo,
Cego e bruto de paixão,
Embora jamais pensasse
Em dar-lhe o seu coração.

Só desejava abusar
Daquela flor inocente.
Levou-a para seu quarto,
Arfando sofregamente,
Como um menino travesso
Que vai rasgar um presente.

Despediu-se dos amigos
E subiu por uma escada,
Conduzindo, em seus braços,
Leocádia desmaiada.
Levou-a para seu quarto,
Mas ninguém soube de nada.

Pois ele, sendo solteiro,
Fazia o que bem queria.
Tinha o quarto separado
Do resto da moradia
E uma entrada secreta
Que só ele conhecia.

Deixemos aqui Leocádia,
Entregue à tão triste sina,
Pra saber como ficaram
Os pais da pobre menina.
Quem sofre uma aflição destas,
Com certeza, desatina.

Sua mãe, banhada em pranto,
Pedia à Virgem Maria:
— Oh!, Grande mãe protetora,
Livrai-me desta agonia.
Protegei a minha filha,
Pra que eu torne a vê-la um dia.

O pai, tristonho num canto,
No mais lamentável estado.
O irmãozinho menor,
Chorando desesperado.
Não dormiram aquela noite,
Nem comeram seu bocado.

Agora vamos saber
De Leocádia, coitada.
No quarto do malfeitor,
Acordou de madrugada.
Conheceu que a sua honra
Havia sido manchada.

Ansiosa por saber
Qual seria o seu futuro,
Tentava enxergar Rodolfo,
Mas o quarto estava escuro.
Disse-lhe, então: — Oh!, infame,
Vilão, perverso e impuro!

— Tiraste-me a virgindade,
Por certo vais me matar...
Mata-me, que eu te perdoo
(Disse-lhe a pobre a chorar.),
E enterra-me em um bosque,
Onde ninguém possa achar...

— Porque a vida, pra mim,
Perdeu agora o sentido,
Pois bem sei que não pretendes
Tornar-te o meu marido.
Queres livrar-te de mim?
Mata-me agora, bandido!

Rodolfo sentiu remorso,
Ouvindo-a falar assim.
Sentiu o peito apertado,
Pois não era tão ruim.
Além disso, à vida dela
Não pretendia dar fim.

Permanecia calado,
Temendo ser descoberto.
Leocádia, então, lhe disse:
— Estás com medo, por certo.
Então, leva-me a um lugar
De minha casa bem perto.

— Bota novamente a máscara
Para eu não te conhecer.
Deixa-me perto de casa
E depois põe-te a correr.
Eu não te denunciarei,
E tranquilo irás viver!

Rodolfo saiu sozinho,
Deixando o quarto fechado.
Foi procurar seus amigos
Em um recanto afastado,
A fim de se aconselhar
E contar-lhes seu estado.

Leocádia tateava,
Procurando uma vela.
Passando as mãos na parede,
Descobriu uma janela.
Abrindo-a, descobriu
A paisagem mais bela.

Era um jardim florido
De uma rica mansão.
A lua se derramava,
Vencendo a escuridão.
Ela pensou em fugir,
Mas seu plano foi em vão.

Porque a dita janela
Tinha um forte gradeado.
O quarto era muito amplo
E com tapetes forrado.
Um crucifixo de prata
Viu ali dependurado.

A luz do luar batia,
Formando, assim, um clarão.
Leocádia ajoelhou-se,
Fez ali uma oração.
Depois, guardou a imagem
Pra levar consigo, então.

Dizia ela: — Oh!, Jesus,
Grande pai celestial,
Livrai-me deste inimigo
Que me causa tanto mal.
Conduze-me de volta ao lar,
Com teu poder divinal.

— És a única testemunha
Deste crime aqui passado.
Levarei o crucifixo,
Que por mim será guardado.
Quem sabe se algum dia
Não será utilizado?

Nisso, a porta se abriu.
Ela ficou onde estava.
Percebeu que era Rodolfo,
Que da rua retornava.
Não pôde ver o seu rosto,
Visto que ele o ocultava.

Fechando a porta, então,
Levou-a para a sacada.
Ela não podia vê-lo,
Pois tinha a vista vendada.
Atravessaram o jardim
E desceram a mesma escada.

Ela contou os batentes,
Pra desvendar o enredo.
Rodolfo a conduzia
Calado e com muito medo,
Temendo que a sua voz
Traísse o seu segredo.

Na porta de uma igreja
A jovem ele abandonou.
Um cavalo o esperava.
Ele depressa montou.
Juntamente com os amigos,
Ele, então, se retirou.

Leocádia ali ficou,
Traspassada de tristeza.
Vacilante, ela seguia,
Caminhando na incerteza.
A luz da lua a cobria,
Mostrando a sua beleza.

Rodolfo foi para casa,
Porém, não pôde dormir.
Passou a noite acordado,
Com o remorso a lhe afligir.
No outro dia bem cedo,
Disse: — Meu pai, vou partir!

— Faz tempo que eu desejo
Conhecer outros países,
Aprender outras culturas,
Viver dias mais felizes,
E, depois de algum tempo,
Rever as minhas raízes!

O pai, mesmo pesaroso,
Aprovou o seu intento.
Deu-lhe uma bolsa de ouro,
Pra garantir-lhe o sustento.
Disse: — Leva dois amigos
Que te sirvam a contento.

Então, Rodolfo partiu
Pra esquecer seu desatino.
Leocádia, junto aos pais,
Ficou nas mãos do destino.
E, nove meses depois,
Foi mãe de um lindo menino.

Quando tiveram certeza
Que ela havia engravidado,
Levaram-na em segredo
Pra um distante povoado,
Onde o menino nasceu
Forte, mimoso e corado.

Chamaram-no Luizinho.
Cresceu com os seus avós,
Os quais se diziam tios,
Mesmo quando estavam a sós.
Porém, nos laços de sangue
Há inocultáveis nós.

Chamava a mãe de prima,
Porque ele não sabia.
— Seus pais, querido, morreram. —
Era o que o avô lhe dizia.
E todos se admiravam
Da sua sabedoria.

Era muito inteligente,
Bonito e educado.
Ao completar sete anos,
Por todos era estimado.
Um dia foi à cidade
Dar do avô um recado.

Passando por uma praça,
De tudo ia alheio.
Então, viu dez cavaleiros
Disputando um torneio.
Um deles lhe encantou
Pelo brilho do arreio[21].

O cavaleiro, que estava
Num ginete[22] ajaezado[23],
Era Rodolfo, seu pai,
O qual tinha retornado
De uma longa viagem
E estava sendo aclamado.

Os maiorais de Toledo
Achavam-se ali reunidos
Para homenageá-lo,
Junto aos amigos queridos.
Os nobres, se reunindo,
Formaram ali dois partidos.

Então, o pai de Rodolfo,
Devido à grande alegria,
Preparou um lauto[24] banquete,
O qual ofereceria
Depois daquele torneio,
Que na praça prosseguia.

Luizinho ali ficou,
Pois estava fascinado.
Foi atravessar a rua,
Pra sentar do outro lado.
Porém, pelo próprio pai,
Veio a ser atropelado.

Vinha Rodolfo acenando
Para a grande multidão.
À criança que passava
Não prestou muita atenção.
Já o viu ensanguentado,
Semimorto, ali, no chão.

Então, o pai de Rodolfo
Partiu para socorrê-lo.
Pôs Luizinho nos braços
Com acentuado desvelo[25].
— Chamem o pai desta criança,
Que eu preciso conhecê-lo!

Luizinho ainda disse
Para os que lhe socorreram:
— Senhor, moro com meus tios,
Porque meus pais já morreram!
Dos que estavam presentes,
Alguns lhe reconheceram.

Luizinho, muito fraco,
Desmaiou logo em seguida,
Porque o sangue jorrava
De uma grande ferida.
Rodolfo, então, temia
Que ele perdesse a vida.

Mandou ligeiro um criado
Chamar o cirurgião
Que era o mais conceituado
Lá da sua região.
Levou o pobre menino
E o pôs em seu colchão.

Ficou, então, Luizinho
Naquele mesmo aposento
Que fora, pra Leocádia,
Um cenário de tormento,
Tendo em vista que ali
Sofrera o defloramento[26].

O velho pai de Rodolfo
Estava impressionado,
Pois o rosto do menino
Havia lhe revelado
A face do próprio filho
Como era no passado.

— O menino é a tua cara. —
Disse o velho comovido.
Até o próprio Rodolfo,
Que estava muito sentido,
Fitando aquele menino,
Também o achou parecido.

Então, o pai de Rodolfo,
Alonso Mendes Quezado,
Sobre os "tios" da criança
Foi por alguém informado.
Mandou, então, avisá-los
Depressa, por um criado.

Deixemos aqui Luizinho
Nas mãos do cirurgião,
Para saber de sua mãe,
E da terrível aflição
Que sofreu toda a família
Nessa triste ocasião.

Partiram, sem mais demora,
Leocádia e os seus pais
Pra mansão de D. Alonso,
Pois o criado, ademais,
Lhes servira como guia,
Com modos bons e leais.

Leocádia, ao penetrar
Naquele rico aposento,
Teve um choque repentino;
Quase tendo um passamento[27],
Vendo a imagem do passado
Ali, naquele momento.

Viu a janela fechada,
Tapetes de carmesim[28],
Todos os móveis do quarto
Como um dia os vira assim.
Abrindo a dita janela,
Deparou com o jardim.

Rodolfo havia saído
Pra comprar medicamento.
Então, não viu Leocádia
Chegar ao seu aposento.
Quando ela viu Luizinho,
Foi maior o seu lamento.

Ora, os pais de Leocádia
Não podiam imaginar
Que o segredo do passado
Ia enfim se revelar.
Queriam, pois, que a criança
Retornasse ao seu lar.

O velho não consentiu,
Devido ao seu estado.
Além disso, ao menino,
Já se havia afeiçoado,
Devido à semelhança
Com o seu filho adorado.

D. Alonso, nem de longe,
Poderia imaginar
Que era seu próprio neto
Que ele estava a velar,
Pois era a força do sangue
Que estava a se revelar.

Também a mãe de Rodolfo
Se mostrou mui dedicada.
Comentou com seu marido,
Numa sala reservada,
Que as feições do menino
Deixaram-na impressionada.

Até mesmo um sinal
Que Rodolfo tinha no peito,
No corpo de Luizinho
Havia do mesmo jeito,
Porque tudo que Deus faz
É sempre muito bem feito.

Pensando que Leocádia
Fosse prima do menino,
Perguntou pela mãe dele
E qual fora o seu destino.
Ela, porém, desmaiou,
Num ataque repentino.

Quando ela se recobrou
Do súbito passamento,
A senhora a tratou
Com um certo acanhamento,
Muito embora desejasse
Satisfazer seu intento.

Disse ela: — Alta dama,
Já que a senhora insiste,
Irei aqui lhe contar
Uma história muito triste,
Que há mais de sete anos
Em minha mente persiste:

— Sou a mãe desta criança
(Leocádia assim falou.).
Um moço que aqui mora
Certa vez me raptou.
Trazendo-me a este quarto,
Aqui me desvirginou.

— Não queira imaginar
O quanto tenho sofrido.
Não pude reconhecê-lo;
Seu rosto estava escondido.
Mas creio que, deste crime,
Não está arrependido.

— Pois, nascendo esta criança,
A qual mora com meus pais,
O genitor do menino
Não deu notícias jamais.
Não acionei a Justiça
Por me envergonhar demais.

— Apenas tenho uma prova
Que em meu quarto guardei:
É um lindo crucifixo
Que deste quarto levei.
Se Jesus irá valer-me,
Disso eu ainda não sei.

Mesmo não acreditando
Naquilo que tinha ouvido,
A anciã se lembrou
Do crucifixo sumido.
Por isso foi conversar
Sobre o caso com o marido.

De Rodolfo, D. Alonso
Se lembrou da trajetória:
Como ele havia partido
Quase fugido, sem glória.
Com os amigos de seu filho,
Buscou detalhes da história.

D. Alonso, bem severo,
Para os rapazes falou:
— Quero saber a verdade
Do jeito que se passou:
Por acaso, o meu filho
Uma jovem molestou?

— Quero a resposta agora,
Sem rodeio nem querela[29].
Quero saber se meu filho
Raptou certa donzela,
Uma moça recatada,
Muito jovem e muito bela.

Os amigos de Rodolfo
Não viram como negar.
Sabiam que D. Alonso
Queria o mal reparar,
E, por muito amar o filho,
Não lhes ia castigar.

Então, um deles narrou
Toda a história passada.
Informou até a data
Do rapto da coitada
E a forma como Rodolfo
Abandonara a citada.

D. Alonso pediu à jovem
Que fosse à sua presença,
Trazendo o tal crucifixo,
Para dar sua sentença.
Rodolfo, naquela hora,
Se encontrava em Valença.

Fora comprar os remédios
Para curar Luizinho.
Naquela longa viagem,
Pegou chuva no caminho.
O criado adoeceu;
Rodolfo voltou sozinho.

Leocádia nada disse
A seus pais nesse momento.
Por causa de Luizinho,
Era grande o sofrimento,
Mas enfrentou decidida,
Sem nenhum acanhamento.

Trouxe, então, o crucifixo,
Prova de sua aflição.
O velho reconheceu
A peça em sua mão.
Leocádia, prontamente,
Contou tudo ao ancião.

Sabendo de tudo, o velho
Viu que ao filho era mister[30]
Fazer da boa Leocádia
A legítima mulher.
Mas ela disse: — Eu só caso
Se Rodolfo me quiser!

— Pois sofrimento maior
Do que viver desonrada,
É casar sem ser querida,
É viver sem ser amada
Com alguém que não hesita
Em deixar-nos humilhada.

— Se o senhor deseja dar
Proteção a meu filhinho,
Que é seu neto legítimo
E ao qual já tem carinho,
Eu lhe fico muito grata
Pelo amor a Luizinho.

O velho se admirou
Com o que veio a escutar.
Ele achou a jovem sábia,
Ponderada no falar,
E disse: — Será uma honra
Levá-la até o altar.

Ciente, a mãe de Rodolfo
A todos pediu segredo.
Pensando como envolver
O filho naquele enredo,
Não quis contar-lhe a verdade
Pois achava muito cedo.

Foi depressa à cozinha
E disse a uma criada:
— Prepare um grande jantar
Para essa gente ilustrada[31].
Hoje, dona Leocádia
É a nossa convidada.

Leocádia preparou-se
Para a grande ocasião.
Usando um rico vestido,
Tornou-se mais bela, então.
Sua entrada na sala
Causou grande sensação.

Era um vestido verde
De seda do Oriente.
Ela usava um colar
Trabalhado ricamente.
Um par de belos sapatos
A tornava mais decente.

Rodolfo ficou pasmado
Diante daquela beleza,
E pensou, com seus botões:
— Serás minha, com certeza.
Uma dama como esta
Parece até uma princesa!

Sendo a ela apresentado,
Rodolfo ficou sem fala,
Pois sua grande beleza
Ofuscava aquela sala.
Leocádia, embora forte,
Com sua presença se abala.

Pois ela também sentira
Por ele grande atração.
Pensava que o odiaria,
Mas tudo mudou, então:
Transformara-se em amor
O ódio do seu coração.

Rodolfo, muito gentil,
Tudo fez para agradá-la.
Dirigiu-se a sua mãe,
Em um cantinho da sala,
E pediu-lhe, bem baixinho:
— Mamãe, torne a convidá-la!

Terminado o jantar,
Seguiram para o jardim.
Ali, sob a luz da lua,
Rodolfo lhe disse assim:
— Quero casar-me contigo,
Pois nasceste para mim!

Ela disse: — Meu senhor,
Sou forte como um penedo.
Mas ante a tua proposta,
Sinto-me frágil e com medo,
Porque talvez desconheças
O meu terrível segredo.

Ele disse: — És casada?
Tens outro no coração?
Ou então julgas que eu
Não sou digno de tua mão...
Leocádia, comovida,
Contou-lhe a verdade, então.

Descreveu-lhe aquelas cenas,
Vindo, então, a chorar.
Rodolfo ficou de forma
Que não podia falar.
Disse: — Sou um desgraçado,
Tens razão de me odiar!

— Fui um maldito, um perverso,
E te causei grande mal.
Eu te abandonei na rua,
Agindo qual marginal.
Não mereço o teu perdão,
Pois agi como um animal!

Puxou, então, seu punhal
De cabo lindo e bem feito.
Entregou a ela e disse:
— Faças o que é de direito.
Vingarás a tua honra,
Cravando-o agora em meu peito.

— Mas, antes, quero beijar
O filho que não conheço.
Pedirei que me perdoe,
Sabendo que não mereço.
Depois faze o que quiseres;
Não sou digno de apreço!

Leocádia, então, calada,
Nada a ele respondeu.
Pegando o dito punhal,
A Rodolfo o devolveu,
E o beijo do perdão
Na sua face ela deu.

Rodolfo ficou perplexo
Diante de tanta nobreza.
Que Leocádia o amava,
Agora tinha a certeza.
Comovido, disse à dama
De tão intensa beleza:

— Nesse tempo que passei
Distante do meu país,
Com a bolsa cheia de ouro
E fazendo o que bem quis,
Nada podia fazer-me
Um indivíduo feliz.

— Mas hoje sinto que a vida
Ganhou, enfim, um sentido.
Pois eu conheci meu filho,
Por ti fui reconhecido.
Então, peço que me aceites:
Quero ser o teu marido!

Então, os pais de Rodolfo
Do casal se aproximaram.
O crucifixo de prata
Ao rapaz apresentaram.
Deram graças a Jesus
E o casal abençoaram.

Chegou o pai de Leocádia.
Rodolfo o reconheceu.
Mostrou-se arrependido,
Contou-lhe o que aconteceu.
Pediu-lhe a mão da amada,
E o velho, com gosto, deu.

Mas disse: — Não contem ainda
A verdade a Luizinho,
Porque ele está doente,
Muito fraco, coitadinho.
Depois que ele ficar bom,
Recebe do pai carinho.

No dia do casamento,
Luizinho já sabia
Que Leocádia era a mãe
Que a avó não era a tia,
Que Rodolfo era seu pai,
O que o encheu de alegria.

Também ao velho Alonso,
A quem tinha grande afeto,
Disse: — Estou muito feliz
Por saber que sou seu neto.
Alonso, então, abraçou
O seu netinho dileto.

Já estava recuperado
Daquele grande acidente.
Até mesmo no período
Em que estava doente,
Todos lhe admiravam
Por ser muito inteligente.

Rodolfo, que tinha sido
Um grande conquistador,
Transformou a sua vida,
Sob as bênçãos do Senhor.
Assim, só à sua esposa
Devotava o seu amor.

Leocádia e os seus pais
Sempre agiram com prudência,
Tendo sabido esperar
Sua vez com paciência,
Porque sempre confiaram
Na Divina Providência.

Então, as duas famílias
Viveram muito felizes.
Ali nasceram outros netos,
Laços tornaram-se raízes
Da bela escola da vida,
Da qual somos aprendizes.

Foi Cervantes quem narrou
Em prosa esta novela.
O poeta Arievaldo,
Por achá-la muito bela,
Recontou-a em poesia
Fiel a tudo que há nela.

O casamento enganoso

Ardis de um enganador e a burla[32] que ele sofreu.

Por Stélio Torquato Lima

"Ao enganador não cabe
Reclamar se é enganado":
Esse dito de Petrarca[33]
É, com graça, ilustrado
N'"O casamento enganoso",
Que aqui é recontado.

Nas *Novelas exemplares*,
Que Cervantes escreveu,
Encontra-se esse conto
Que a tradição elegeu
Como uma grande obra-prima,
Informo ao leitor meu.

Diz o conto que um soldado,
O alferes[34] Campuzano,
Saía de um hospital
Afundado em desengano,
Depois de um casamento
Que lhe trouxe grande dano.

Bastante enfraquecido,
Com palidez acentuada,
Ele cruzava a rua
A se apoiar na espada,
Como se cajado[35] fosse
Sua arma afiada.

Quando o convalescente
Daquele hospital saía,
E com enorme esforço
Ia cruzando a via,
Calhou de encontrar um amigo
Que há seis meses não via.

Peralta, assim chamado
O amigo que encontrara,
Vendo o soldado tão magro
E quase sem cor na cara,
Benzeu-se, acreditando
Que um fantasma avistara.

— Que aconteceu, Campuzano,
És tu mesmo nesta terra?
Eu achei que, nesta hora,
Tu te encontravas em guerra.
Estás magro, fraco e pálido
Qual alma que pena e erra.

— Oh!, meu amigo Peralta,
Sou eu mesmo neste mundo.
Saio agora do hospital,
E meu ar de moribundo
Tem a ver com um casamento
Que me deu pesar profundo.

— Casaste, bom Campuzano?
Não surpreende o penar!
Pois casamento é qual circo
Que o fogo veio a tomar:
Quem tá dentro quer sair;
Quem tá fora quer entrar.

— Todavia, conta tudo
O que aconteceu contigo,
Pra eu saber como vieste
A padecer tal castigo.
Não negues nenhum detalhe
Para este teu amigo.

— Peralta, eu sinto muito,
Mas nada conto agora.
Estou muito enfraquecido,
Sentindo que, sem demora,
Poderei desfalecer,
Pois não como há uma hora.

— Campuzano, me desculpe
A minha falta de tato.
Vamos já pra minha casa,
Onde vinho e um bom prato
Irão restabelecer
As tuas forças no ato.

Assim, o convalescente
Foi à bela residência
Do amigo que encontrara
Por força da coincidência.
Ali o pobre alferes
Matou a fome com urgência.

Após ver-se saciado,
Campuzano relatou
Como ele conhecera
A mulher com quem casou
E como esse casamento
À ruína o levou:

— Ocorreu, meu bom amigo,
De estar com um capitão
No regalo de um bom vinho
E um delicioso salmão,
Quando nós vimos entrar
Duas mulheres no salão.

— Uma das senhoras tais
O capitão conhecia.
Esta o chamou de lado,
Pois dizer-lhe algo queria.
Fui, então, até a outra
Pra fazer-lhe companhia.

— Um xale cobria o rosto
Da referida senhora.
Pedi a ela que o xale
Retirasse sem demora.
No entanto, ela disse
Que aquela não era a hora:

— Quando eu me retirar,
Peça ao seu empregado
Que me acompanhe ao lar,
Pois será do meu agrado,
Que venhas a minha casa
Num horário combinado.

— Somente em minha casa
Lhe mostrarei o meu rosto.
Peço: não deixe de ir,
Porque tenho muito gosto
De conhecer-lhe melhor,
Se acaso estiver disposto.

— Procedi exatamente
Tal como ela pediu:
Deixando ela o recinto,
Meu criado a seguiu.
Não tardei a visitá-la,
Como ela sugeriu.

— Era o nome da dama
Estefânia de Caicedo.
Ela contou-me sua história,
Sem demonstrar qualquer medo,
Revelando, aqui e ali,
Algum pequeno segredo.

— Confesso que Estefânia
Não era lá muito bela.
No entanto, a postura
E a boa conversa dela
Me despertaram depressa
O interesse por ela.

— Semelhante interesse
Despertou-me a residência:
Havia, por todo lado,
Beleza e opulência.
Vendo aquilo, agradeci
A ação da Providência.

— Porque eu imaginava
Que fora o próprio Deus
Que enviara a tal mulher
Pra fazer dos dias meus
Um paraíso na terra,
Dando ao pesar adeus.

— Ainda mais quando ela
Começou a enumerar
As suas múltiplas prendas,
Que eram de admirar,
Pois de tudo ela sabia
Pra um marido agradar:

— Você não encontraria
Uma melhor cozinheira.
Lavo e passo muito bem
E sou hábil costureira.
Controlo bem o dinheiro
E sou boa conselheira.

— Também me falou da soma
Que a ela pertencia:
Eram dois mil e quinhentos
Escudos[36] que possuía,
Se acaso vendesse a casa
E tudo o que nela havia.

— Prendada e com dinheiro...
Era tudo o que sonhava!
Com isso, minha ambição
Depressa subjugava
O juízo, que, confesso,
A se perder começava.

— De olho em suas prendas
E, claro, em seu tesouro,
Pus-me a lhe prometer
Muita prata e muito ouro
Para que o nosso enlace
Viesse a ser duradouro.

— Pois, se não contei ainda,
Venho agora lhe dizer,
Que ela disse não estar
Disposta a se vender.
Assim, somente casando,
Eu a poderia ter.

— Em minha mente confusa,
Fui os nossos bens somando.
Era um valor que fazia
Com que eu fosse imaginando
Que o futuro me seria
Bastante tranquilo e brando.

— Mandando a razão às favas,
Sem mais dar trela ao juízo,
Eu me sentia um Adão
Vivendo num paraíso.
Marquei o casório, então,
Abrindo um largo sorriso.

— Mandei que o meu criado
Trouxesse ao meu novo lar
Meu baú com roupas finas,
Cordões de ouro sem par,
O que fez a minha noiva
Os olhos arregalar.

— Saiba, querido Peralta,
Amigo que tanto estimo,
Que ela, pra testemunha
Do casório, trouxe um primo,
O qual tratei muito bem,
Coisa que hoje lastimo.

— Mas, voltando à narração,
Pois este é meu papel,
Informo que nós tivemos
Uma bela lua de mel,
Nem de longe imaginando,
Que logo viria o fel.

— Mas, por um breve momento,
Ainda tive o prazer
De partilhar com Estefânia
O gozo do bom viver,
Me alegrando com o que ela
Preparava pra eu comer.

— Passava o maior tempo
Sem tirar o meu pijama,
Dormindo horas a fio,
Tomando o café na cama,
Tirando soneca à tarde,
Juntinho com minha dama.

— Mas tal como foi Adão
Expulso do seu jardim,
A minha vida tão boa
De repente teve fim,
E tudo o que era bom
Fez-se depressa ruim.

— Ocorreu, certa manhã,
Que vim a ser acordado
Com a criada gritando
De modo desesperado:
— Depressa, dona Estefânia,
Que o patrão é chegado.

— Estefânia, com um salto,
Foi depressa se vestindo.
Sem saber o que ocorria,
Explicações fui pedindo,
Mas ela, tranquilamente,
Foi apenas repetindo:

— Reage naturalmente
Ao que escutares aqui.
Mesmo que me ameacem,
Não deixes que o frenesi
Domine a tua mente
E se apodere de ti.

— Ajudo uma amiga
A ter um bom casamento.
Ela fingirá que é dona
Desta casa no momento.
Deixe que ela assim aja,
Pois é tudo fingimento.

— O homem que vem com ela
É muito endinheirado.
Querendo casar com ele,
Ela finge pro coitado
Que é dona desta casa,
Sendo tudo um plano armado.

— Dona Clementa Bueso
Vem ela a se chamar.
Lope Meléndez é o homem
Com quem pensa em se casar.
Há ainda Hortigosa,
Que ama, vai se declarar.

— Após explicar-me isso,
Eu fiquei de prontidão.
Quando a mulher entrou
No quarto de supetão,
A ama, que lhe seguia,
Deu início a um sermão:

— Como ousa ocupar
O leito que é da patroa?
Ainda mais acompanhada
De uma outra pessoa.
Como pode afrontar
A sua amiga tão boa?

— Tens razão, dona Hortigosa.
A culpa toda é minha.
Dona Clementa Bueso,
Sei que eu perdi a linha.
Vou-me embora desta casa
Por minha ação tão mesquinha.

— Eu, que já tinha vestido
Minha roupa de passeio,
Fui seguindo Estefânia,
Que ia, com aperreio[37],
Juntando algumas coisas,
Pondo-me em desnorteio.

— Por ordem dela, um criado
Foi levando o meu baú.
Eu me sentia perdido,
Muito mais do que o rei nu[38]
Daquela historieta
Que é antiga pra chuchu.

— Chegamos a uma casa
Elegante, embora antiga,
Que Estefânia disse ser
De uma querida amiga.
Pediu pra entrar sozinha.
Concordei, pra não ter briga.

— Depois de um quarto de hora,
Ela mandou que eu entrasse.
Depois pediu ao criado que
Num canto o baú botasse.
Calado, tudo eu ouvia,
Evitando o impasse.

— Um quarto no fim da casa
Foi tudo o que conseguimos.
Duas camas de solteiro,
Que, com esforço, unimos,
Ficou em lugar do leito
Onde nós sempre dormimos.

— Meu bom amigo, Peralta,
A partir daquele instante,
A discussão entre nós
Tornou-se algo constante,
Pois o acordo com Clementa
Para mim era aviltante[39].

— Ceder a casa pra amiga
Era inadmissível.
Eu não via como aquilo
Poderia ser possível:
A amiga no bem-bom,
E nós num antro horrível.

— Estefânia, com astúcia,
Ia sempre me enrolando.
Com a sua conversa sonsa,
Eu via o tempo passando,
E a nossa situação
A cada dia piorando.

— Um dia, quando Estefânia
Tinha saído pra rua,
A proprietária da casa,
Que era amiga sua,
Perguntou-me: — Por que brigas
Tanto com a esposa tua?

— Expliquei-lhe que Estefânia
Emprestara a moradia
Para Clementa Bueso,
Que, com isso, pretendia
Impressionar Meléndez,
Com quem se casar queria.

— Mal terminei a história,
A mulher virou a cara.
Depois ela, demonstrando
Uma afobação bem clara,
Explicou-me calmamente
O que eu já desconfiara:

— A consciência me obriga
A não ficar mais calada.
Sua esposa, me desculpe,
É uma mulher descarada,
Tendo o dom de enganar
A qualquer bom camarada.

— Veja bem, senhor alferes,
Como ela lhe enganou:
Ela nunca teve casa,
Bem nenhum amealhou[40].
Só tem a roupa do corpo,
E nem sei como a ganhou.

— Aquela casa da qual
Ela finge ser a dona
É de Clementa Bueso,
Que era dela amigona.
Clementa somente estava
De viagem a Verona[41].

— Se existe em Estefânia
Algo para se louvar,
Creio que é a habilidade
Com que veio a arranjar
Um marido igual a ti,
Que é um homem sem par.

— Apesar do elogio
Que recebi da senhora,
Confesso, amigo Peralta,
Que a fúria, naquela hora,
Dominou-me o espírito,
E pus-me portas afora.

— Minha intenção era achar
A mulher que me traiu.
Ainda bem que o anjo
Que me guarda acudiu.
Lembrando que sou cristão,
O anjo me retraiu.

— Mesmo assim, continuei
Aquela minha procura,
Querendo, de Estefânia,
A explicação mais pura
Daquele ardil que me fez
Sorver o fel da amargura.

— Fui à casa de Clementa,
Mas da porta eu voltei.
Depois de andar a esmo,
Já cansado, retornei,
Indo à casa da senhora
Que informou o que narrei.

— Qual não foi minha surpresa
Quando a senhora contou
Que, enquanto eu procurava
A mulher que me enganou,
Esta retornou pra casa
E o meu baú roubou.

Nesse momento, Peralta,
Que meneava a cabeça
E parecia envolvido
Em nuvem negra e espessa,
Disse ao amigo traído
Pela mulher tão travessa:

— Camarada, que desgraça!
Perdeste os cordões de ouro?
Ela levou sua prata,
Os seus cinturões de couro?
E as tuas roupas finas,
Foram com o teu tesouro?

Campuzano, ao ouvir
A fala do camarada,
Não conseguiu evitar
Uma cínica risada.
Parecia que alguém
Lhe contava uma piada.

Peralta disse: — Tu ris?
Por certo, perdeste o senso!
Ainda não te deste conta
Do prejuízo imenso?
Sim, amigo, enlouqueceste!
Pelo menos é o que eu penso.

— Rir da própria desventura
Sei bem que é incomum.
Mas não tenho, meu amigo,
De loucura traço algum.
Rio porque o que perdi
Não possui valor nenhum.

— Cada corrente e cinto,
Cada brinco, cada anel
Tinha o valor de uma pedra
Enrolada num papel.
Tudo falso, meu amigo,
Latão pintado a pincel.

— No astuto, meu amigo,
Ninguém uma peça prega.
O sogro engana o coxo
Ao dar-lhe a filha cega?
Minha astúcia obtive
Com os anos de refrega[42].

— Às vezes, eu imagino
Como foi que reagiu
Aquela víbora quando
O embuste[43] descobriu,
Notando não valer nada
O que me subtraiu.

— Porém, sei que eu não devo
Reclamar da traição,
Pois foi com as minhas armas
Que feriu meu coração
Aquela cuja riqueza
Eu queria ter na mão.

— Em suma: se me enganaram,
Também fui um enganador,
Pois, cobiçando riquezas,
Fingia que tinha amor
Por uma mestra na arte
Da qual eu sou professor.

— Mas não pude impedir
Que toda essa imundície
Degradasse o meu corpo,
Trouxesse a dor e a calvície,
Numa onda má que subia
Da alma à superfície.

— Se a dor do corpo se cura,
Na alma dura o tormento,
Desde que eu soube que ela
Fugiu com o primo sarnento
Que veio a ser testemunha
Do enganoso casamento.

Este conto de Cervantes
É aqui finalizado,
Convindo lembrar o adágio
Por Petrarca consagrado:
"Ao enganador não cabe
Reclamar se é enganado."

O ciumento

Loucuras de um ciumento e as manhas de um trovador

Por Arievaldo Viana

Já faz quatrocentos anos
Que Cervantes publicou
Suas *Novelas exemplares*,
Que um clássico se tornou.
Traduzido em várias línguas,
A todo o mundo agradou.

Nessa obra, há um conto
Que me causa estranhamento,
Pelo enredo inusitado
E pelo bom andamento.
Tratemos, pois, dessa história,
Que se chama "O ciumento".

O enredo dessa história,
Que reputo como estranha,
Se desenvolve durante
A conquista, pela Espanha,
Do chamado Novo Mundo,
Que foi notável façanha.

Numa aldeia da Estremadura,
Um fidalgo, de pai nobre,
Herdou imensa fortuna
Em terrenos, ouro e cobre.
Porém, dissipou na farra,
Vindo a ficar muito pobre.

Filipe de Carrizales,
Vendo-se, então, arruinado,
Tomou um novo roteiro,
E logo estava embarcado
Num navio que rumava
Para o Peru, bem lotado.

Centenas de sonhadores
De espírito vagabundo
Embarcaram nessa frota.
Era o mergulho profundo
Na ilusão da fortuna
Nas terras do Novo Mundo.

Gastando tudo com farras,
Em casar nunca pensou.
Filipe de Carrizales,
Cujo futuro arruinou,
Só quarenta e oito anos
Contava, quando embarcou.

Vinte anos se passaram.
Filipe era inteligente.
Com habilidade e sorte,
Enriqueceu novamente.
150 mil pesos[44]
Soube poupar, sabiamente.

Teve saudade da pátria
Ao contar o seu tesouro;
Rever a terra natal
Tornou-se um sonho louro[45].
Converteu todos os bens
Em lindas barras de ouro.

E depois de registrá-las
De modo conveniente,
Embarcou para a Espanha
Disposto e muito contente,
Porque na terra natal
Ia aportar novamente.

Chegando, então, à Espanha,
Vivia preocupado,
Porque a fortuna deixa
O homem sobressaltado.
Além do mais, Carrizales
Inda não tinha casado.

Era um homem liberal
E nunca fora avarento.
Porém, algo o afastava
Do altar, do casamento:
Não se casava porque
Era um homem ciumento.

Temia que a companheira
Desviasse o seu caminho.
Que um dia a aborrecessem
Fortuna, luxo e carinho.
E, estando ele já velho,
Temia findar sozinho.

Porém, Cupido é travesso,
E a sorte é tentadora:
Certo dia, Carrizales
Se encontrou com Leonora,
Jovem de dezesseis anos,
Prendada e encantadora.

Caminhando pelas ruas,
Desenhou-se essa tela:
O velho ergueu os olhos
E viu a linda donzela,
Tomando a brisa da tarde
Recostada na janela.

Dominou-lhe a paixão,
Quando a menina o fitou.
Quando ela lhe sorriu,
Seu coração disparou.
A partir daquele instante,
O seu sossego acabou.

Ponderava, receoso:
— Que bela flor, que perfume!
Mas o vento do destino
Pode apagar esse lume[46]:
Essa moça é muito jovem;
Vou me roer de ciúme!

Dizia: — Eu posso prendê-la
Numa gaiola dourada;
Dar muito luxo e conforto,
Sem lhe deixar faltar nada;
Porém, reclusa do mundo,
Tem de viver bem guardada.

Adquiriu uma casa
Num lugar muito seguro.
Mandou logo acrescentar
Dezoito palmos de muro.
Tornou-a igual à colmeia,
Que possui somente um furo.

Tapou todas as janelas
Que pra rua tinham o vão.
Após isso, no jardim
Colocou mais um portão,
Fazendo com que perdesse
Com a casa a ligação.

Na frente dessa mansão
Havia um grande jardim
Hermeticamente fechado,
De maneira que, assim,
Só se avistava o céu,
Sem anjo, nem querubim.

Manteve um negro velho,
Um serviçal dedicado,
Com a fatal condição
De permanecer trancado
Num dos quartos do jardim,
Do mundo sempre isolado.

Ele zelava uma égua
De sela e um outro bicho
Que havia na estrebaria,
Mas tudo feito a capricho,
De modo que, com a moça,
Não vivesse de cochicho.

Ali não havia macho,
Fosse grande ou pequenino.
Nem os animais podiam
Ser do sexo masculino.
Até os cães eram fêmeas,
Por capricho do destino.

E eram tantos cuidados
Que Dom Carrizales tinha,
Que jamais deu cabimento
À costureira ou vizinha;
Até para provar roupas
Levava outra mocinha.

Mantê-la sempre entretida
Era a maior esperança.
Assim, trouxe uma senhora
Para cuidar da criança.
Sendo solteira e beata,
Julgou ser de confiança.

Com paciência, escolheu,
Andando pela cidade,
Umas criadas bonitas,
Todas de pouca idade.
Seriam as damas de honra
Da sua jovem beldade.

Com esses preparativos,
Ele julgou-se seguro,
Vislumbrando à sua frente
O mais ditoso futuro.
Não imaginava, assim,
Que passaria um apuro.

Voltou, então, ao local
Onde a jovem residia.
Não foi difícil encontrar
A casa em que ela vivia,
Tendo somente seus pais
Como a única companhia.

Pelo aspecto da casa,
Já um tanto envelhecida,
Carrizales deduziu
Que a sua bela querida
Não era rica. E esse fato
Facilitava a investida.

Procurou os pais da jovem,
E logo se entenderam.
Foram consultar a filha,
E, por fim, a convenceram.
Mais de 20 mil ducados[47]
De Filipe receberam.

O dinheiro adiantado
Pelo velho liberal
Serviria, como disse,
Para um pomposo enxoval.
Depois dos preparativos,
Se casariam, afinal.

A bondosa Leonora
De nada desconfiava.
Do seu bonito enxoval
Com muito gosto tratava,
E, sem precisar pedir,
De tudo o velho lhe dava.

E, finalmente, casaram,
Como o velho planejou.
Então, nos primeiros meses,
Grande prazer desfrutou.
A jovem, resignada,
De nada lhe reclamou.

Passava os dias brincando
Com as suas companheiras.
O velho, com muito gosto,
Vigiava as brincadeiras,
E a governanta da casa
Regia as boas maneiras.

O criado, no jardim,
Tratava dos animais.
Tinha uma vida tediosa,
Pois não saía jamais.
Somente com as criadas
Se entendia, por sinais.

O velho, de manhã cedo,
Se levantava apressado.
Ia à porta da rua
Com um bilhete ou recado.
Um despenseiro[48] trazia
O que era solicitado.

O velho, então, recebia
E se trancava outra vez.
Não recebia visitas,
Fosse parente ou freguês.
E, assim, o tempo passava,
Dia a dia, mês a mês.

Nem os pais de Leonora
Tinham acesso à mansão.
Só viam a filha na missa
Aos domingos, e, então,
As conversas eram breves
E sérias como um sermão.

Carrizales, sempre perto,
A conversa toda ouvia.
A aia, Marialonso,
Ficava ali de vigia.
Outro tipo de contato
O velho não permitia.

Mas, como diz o ditado,
Não há bem que sempre dure,
Nem há mal que não se acabe,
Nem bexiga que não fure,
Nem vigilância perfeita
Que para sempre perdure.

A mulher jovem e bonita
De todos ganha a estima,
E quando alguém a deseja,
Faz até mudar o clima:
É água de morro abaixo,
É fogo de morro acima.

Naquele tempo, em Sevilha,
Onde o casal morava,
Uma cambada ociosa
De jovens perambulava.
Tinha rapaz mandrião[49]
Que para nada ligava.

Loyasa era um dos tais
Que desse jeito vivia.
Filho de pais abastados,
Adorava a boemia.
Em farras e bebedeiras,
O seu tempo consumia.

Sabia tocar guitarra
E também o alaúde.
Nas tavernas da cidade,
Ele era visto, amiúde.
Bonito, forte e vistoso,
Gozava plena saúde.

Este Loyasa entendeu
De seduzir Leonora,
Que conhecera solteira
E já muito encantadora.
Calculava estar mais bela
Do que antes ela fora.

Porque a distância faz
A gente pensar assim:
O que antes era um broto,
Pode virar um jasmim.
Não há na terra quem queira
Pôr nos seus sonhos um fim.

Encontrou com seus amigos,
Confidenciou seu plano,
Assegurando a todos,
Resoluto, sem engano:
— Hei de entrar na mansão
Daqui para o fim do ano.

Alguns logo duvidaram
Que ele fosse capaz
De conseguir tal proeza,
Embora fosse sagaz.
Mas, no final, concordaram
Em ajudar o rapaz.

Ele avisou na cidade
Que iria se ausentar.
Disfarçou-se de mendigo
De modo bem singular.
Na mansão de Carrizalles,
Foi na calçada sentar.

Deram-lhe um tapa-olho,
Que sobre a vista se amarra;
Uma roupa esfarrapada
E também uma guitarra.
Tudo era parte do plano
De seus colegas de farra.

Na calçada da mansão,
Loyasa pôs-se a tocar.
O velho criado, ouvindo,
Não pôde se controlar:
Veio depressa ao portão
Para melhor escutar.

Naquele mesmo momento,
O trovador, inspirado,
Dedilhou no instrumento
Um toque do seu agrado,
Deixando o pobre do negro
Num êxtase, arrebatado.

Disse então o trovador:
— *Ai quem dera, Virgem Pia*[50],
Se eu pudesse ser livre
E enxergasse a luz do dia
Tendo somente a guitarra
E a musa por companhia.

— *Se eu pudesse percorrer*
Os campos de minha terra
E vislumbrar a beleza
Que a natureza encerra,
Eu juro que não teria
Essa existência perra[51]...

Do lugar onde estava,
Ouvia a respiração
E os suspiros do negro
Escutando sua canção.
Percebeu que andava bem
Sua difícil missão.

Sentiu, naquele momento,
Sair o peixe da água,
E cantou uma canção
Dolente e cheia de mágoa.
Ao findar, chamou o negro
E pediu-lhe um copo d'água.

Assustado, respondeu
Aquele humilde criado
Que não podia atendê-lo
Porque estava trancado.
Por uma pequena fresta
O avistara, sentado.

Trancado naquela casa
Há muito tempo vivia.
Gostava muito de música,
Contudo, nunca saía...
Porém, tratou bem o "cego",
Que tanto lhe distraía.

Disse também que sonhava
Em aprender a tocar,
Pois, sendo amante da arte,
Poderia assimilar.
O diabo é que não havia
Ninguém para lhe ensinar.

O astuto trovador
Fingiu não haver entrave.
Disse a Luís, o criado:
— Arranje cópia da chave...
Ou na soleira da porta
Convém que um buraco cave.

— As chaves vivem guardadas
Como as torres de um castelo!
Disse Loyasa: — Pois cave
Um buraco bem singelo
Por onde eu possa te dar
Uma torquês[52] e um martelo!

Ele pôs tantas ideias
Na cabeça do criado,
Que em menos de dez minutos
Conseguiu um aliado.
Viu, com isso, que seu plano
Estava muito avançado.

E a coisa correu tão bem,
Melhor do que esperava,
Que dentro de cinco dias
No jardim já se encontrava,
Local onde o negro velho
Todo o seu tempo passava.

Dava-lhe aulas de música
Do jeito que ele queria.
Tinha roupas luxuosas
Na mochila que trazia.
De avistar Leonora
A hora já antevia.

Luís não tinha, pra música,
Mesmo a menor vocação:
Não cantava, não tocava,
Não lhe servia a lição.
Mas Loyasa o encorajava
Com sinais de aprovação.

Já sem usar tapa-olho
E sem fingir-se aleijado,
O astuto peralvilho[53]
Surpreendeu o criado.
Mas explicou que era um meio
De viver bem arranjado.

Vivia exclusivamente
Da música e da caridade.
O negro, maravilhado
Com aquela novidade,
Notou que, nos seus alforjes[54],
Tinha comida à vontade.

Luís era dado ao vinho
E tinha boa amizade
Com as moças da cozinha.
E assim, com brevidade,
Contou para uma delas
A incrível novidade.

À noite, todas vieram
Escutar o mandrião.
Mas havia um obstáculo:
Era o maldito portão,
Que separava o jardim
E lhes tapava a visão.

As criadas, curiosas,
Logo uma pua[55] arranjaram.
Fizeram ali um buraco,
Por onde todas olharam.
Depois, já bem satisfeitas,
Com cera elas o taparam.

Até mesmo pra sair
Um prato de alimento,
Havia ali uma roda,
Como aquelas de convento.
O fato, para Loyasa,
Foi um grande impedimento.

Mas, com o furo na porta,
Podiam olhar à vontade
E, assim, satisfazer
Sua curiosidade.
Até mesmo a governanta
Veio ver a novidade.

Ficaram maravilhadas
Com a beleza do rapaz,
Que trajava boas roupas,
Pois, sendo muito sagaz,
Sabia a boa impressão
Que um belo traje nos traz.

O bardo[56] trouxe alegria
Àquela triste mansão.
Por isso, manifestaram
Para o jovem gratidão,
Pois havia muito tempo
Que não tinham diversão.

Loyasa, com sua lábia,
Conquistou grande aliada:
A velha Marialonso,
Que ali estava encantada;
Quando fitou o rapaz,
Ficou logo apaixonada.

Loyasa lhe perguntou,
Com muito boa maneira,
Pela bela Leonora.
Mas a velha alcoviteira
Disse-lhe, então, que dormia
Como uma prisioneira.

Carrizales, precavido,
Logo que a noite caía,
Com a sua jovem esposa
Ao quarto se recolhia.
Trancava a porta por dentro
E as chaves escondia.

Perguntou-lhe o trovador:
— Pra que tanta precaução?
Disse a velha: — É o ciúme
Que corrói o meu patrão.
Fecha a porta e bota as chaves
Debaixo do seu colchão.

Disse-lhe, então, o rapaz:
— Ouvi falar de um unguento
Que, para fazer dormir,
É grande medicamento.
Deixa o sujeito ficar
Doze horas sonolento.

Disse a velha: — Pois consiga
Esta droga milagrosa,
Que darei a Leonora,
Pois está mui curiosa,
Desejando muito vê-lo
Para um momento de prosa.

— Mas, pra que isso aconteça,
Ela quer saber primeiro
Se o nosso músico agirá
Como um digno cavalheiro,
Sem faltar-lhe com o respeito,
Sendo honrado e verdadeiro.

Fazendo mil juramentos,
O rapaz lhe garantiu
Que seria um cavalheiro
Como ali nunca se viu.
Com essa demonstração,
A velha, então, consentiu.

Os amigos de Loyasa
Vinham sempre escutar
Ali, no pé do portão,
A fim de lhe perguntar
Se precisava de algo
Que pudessem lhe arranjar.

Justamente nessa noite,
Loyasa lhes informou
Como andava o seu plano,
O que muito os alegrou.
E o tal unguento do sono
O rapaz encomendou.

Então, no dia seguinte,
Chegou o medicamento.
Luís, com um breve sinal,
Naquele mesmo momento,
Atraiu a velha para
Receber o tal unguento.

Vendo a velhota chegar,
Loyasa se aproximou.
Então, demoradamente,
O bardo lhe explicou
Como devia fazer,
E a velha tudo anotou.

Nessa noite, Leonora,
Após muito resistir,
Resolveu-se a vir também
Depois de o velho dormir.
Passou-lhe unguento nos pulsos
Sem ele nem pressentir.

Certa de que o marido
Estava em grande torpor,
A jovem pegou as chaves
E, então, com leve rubor,
Foi se unir às criadas
Para ouvir o trovador.

E, nessa noite, Loyasa
Causava boa impressão,
Trajando roupas caríssimas
E um vistoso gibão[57],
Com a guitarra afinada,
Da prima até o bordão[58].

Leonora, acostumada
Com o velhote esquisito,
Ficou surpresa, pasmada,
Vendo um rapaz tão bonito.
Embora fosse honrada,
Seu coração estava aflito.

A velha, então, lastimava
Ele não poder entrar,
A fim de o ver melhor
E melhor lhe escutar.
Leonora objetava:
— É melhor não arriscar!

— Se este rapaz entrar,
Corremos grande perigo.
Nossa honra está em jogo,
Mesmo que seja um amigo.
Disse a velha, secamente:
— Isso de honra é consigo!

— Fique a senhora trancada
Com o seu Matusalém[59],
Que nós queremos folgar
Do jeito que nos convém.
Além do mais, não diremos
O que se passa a ninguém.

Loyasa, então, respondeu:
— Juro pela Virgem Pura:
Eu vim aqui condoído
Por vossa grande clausura.
Sem vosso consentimento
Nada farei. É uma jura!

Leonora, então, o fez
Jurar, perante uma cruz,
Pela vida de seus pais,
Pelo sangue de Jesus,
Pelo leite que mamara
Diante da mesma luz.

Disse o rapaz: — Só farei
O que a dama consentir.
Se a senhora deseja
Só me fitar e ouvir,
Do jeito que eu entrar
Também prometo sair.

Ficou então acertado,
Para a noitada seguinte,
Um sarau de verso e trova
De boa música e requinte.
O velho, ignorando,
Não pressentia o acinte.

Então, na noite seguinte,
Assim que se recolheu,
Leonora, sempre atenta,
Com alegria, percebeu
Onde Filipe escondera
O belo chaveiro seu.

Lá fora, Marialonso,
A velha aia sagaz,
Já começara um colóquio[60]
No portão com o rapaz.
De trair a própria mãe
Ela seria capaz.

Leonora, então, passou
A pomada no velhote,
Que dormia a sono solto,
Não dando um só pinote.
Dormia o sono dos justos,
Roncando como um caçote[61].

A velha Marialonso,
Pulando de alegria,
Recebeu de Leonora
O que mais ela queria:
As chaves do tal portão
Que trancava a enxovia[62].

No instante em que ele entrava,
A aia disse ao rapaz:
— Aqui somos todas virgens.
Portanto, veja o que faz.
Quanto à dona Leonora,
Prometa deixá-la em paz.

Marialonso pediu-lhe
Que jurasse outra vez,
E o rapaz repetiu
A mesma jura que fez:
— Sem o seu consentimento,
Nada farei a vocês.

Ele foi introduzido
Num confortável salão,
Onde havia um estrado[63]
Próprio para a ocasião.
Sentado sobre um sofá,
Veio a primeira canção.

Ali havia uma escrava,
Uma certa Guiomar.
Não era muito ladina[64]
Na maneira de pensar.
Deixaram, então, essa pobre
Para o velho vigiar.

A coitada reclamava,
E com sobrada razão:
— As brancas vão divertir-se
Com o moço no salão.
Já eu, por ser negra escrava,
Fico aqui de prontidão!

Começou, então, o baile.
Todas caíram na dança.
Luís achou um bom vinho
E, com ele, encheu a pança.
Marialonso, feliz,
Parecia uma criança.

Nisso, a preta Guiomar
Soltou um grito alarmado:
— Senhora, correi depressa,
Meu amo está acordado!
Verdadeiro pandemônio
Ali foi observado.

Luís, o velho criado,
Fugiu levando a guitarra.
Leonora maldizia-se
Por ter consentido a farra.
Depressa, o cantor famoso
Calou a voz de cigarra.

A criadagem correu,
Procurando se esconder.
Leonora não sabia
De que santo se valer.
A velha a tranquilizou
Do modo que vamos ver.

Primeiro, foi esconder
Lá no seu quarto o cantor,
Porque, pelo belo músico,
Já delirava de amor.
Deixou lá, na sua cama,
O astuto trovador.

E disse pra Leonora:
— Se nosso amo vier,
É só fingir-se tranquila,
Como sabe uma mulher.
Daremos para o velhote
Uma desculpa qualquer.

Depois, recobrando a calma,
Foi ao quarto do senhor,
O qual encontrou dormindo,
Em sono reparador.
Voltando, ela deu à ama
Alvíssaras[65] com fervor.

Sentindo que era chegada
A melhor ocasião,
A velha deixou a dama
Sentada lá no salão,
Indo ao seu quarto em busca
De uma nova diversão.

A velha, vendo o rapaz,
Não pôde se controlar:
De forma apaixonada,
Passou a se declarar,
Dizendo que desejava
A sua boca beijar.

Loyasa, muito matreiro,
Disse que consentiria
Em satisfazer a velha,
Mas primeiro pretendia
Deitar-se com Leonora,
Que era o que mais queria.

Disse para a governanta:
— Consinto em satisfazer
Tudo o que de mim quiseres,
Mas, antes, deves trazer
Tua ama ao meu leito.
Cuida de lhe convencer.

A velha quis protestar,
Mas pensou na recompensa
Que teria depois disso.
E, com alegria imensa,
Deu início ao seu trabalho,
Pois a vontade era intensa.

Parece até que o diabo
Entrou em seu coração,
Uma vez que ela falou,
Com tamanha sedução,
Que Leonora aceitou
Fazer parte da armação.

Se o velho Carrizales
Estivesse acordado,
Iria se perguntar,
Extremamente frustrado:
— De que foi que adiantou
Tanto desvelo e cuidado?

— Tantos muros e portões
E a velha de sentinela
Tornaram-se a perdição
Para a incauta donzela?
Vamos saber o desfecho
Da pitoresca novela.

Dizia a velha: — Imagine
O quanto podes gozar
De um moço belo e forte
E de beleza sem par,
Sem o perigo de o velho
Lá no seu leito acordar!

E, pegando a mão da jovem,
Quase à força lhe arrastou
Para dentro de seu quarto.
Depois, por fora, trancou.
Voltando para o estrado,
Por seu momento esperou.

Loyasa, então, fez de tudo
Para a jovem seduzir.
Leonora, resistindo,
Não queria consentir,
Porque jamais desejara
O seu esposo trair.

Travou-se, então, a batalha
Entre a honra e a sedução,
Sem que o rapaz lograsse
Sucesso em sua missão.
Terminaram adormecendo
Sem pôr um termo à questão.

A velha também dormiu,
Cansada de esperar.
Carrizales, no seu leito,
Espantou-se ao acordar.
Sentindo falta da esposa,
Teve um desgosto sem par.

Saiu do quarto calado,
Viu que a aia dormia.
Foi até o quarto dela
E teve grande agonia,
Quando avistou a cena
Que ele jamais queria.

Viu a esposa dormindo
Ao lado de um rapaz.
Só então compreendeu
O quanto fora incapaz
De ser vítima de um plano
Astucioso e sagaz.

O velho ficou perplexo,
Sem saber o que falar.
Vendo os dois jovens dormindo,
Pensou consigo em lavar
A sua honra com sangue,
E o seu punhal foi buscar.

Mas era tanta a ofensa,
Que o velho não suportou:
Logo que chegou ao quarto,
Sobre a cama desabou.
A sua angústia era tanta,
Que ali mesmo desmaiou.

Quando o dia amanheceu,
Marialonso acordou,
Indo depressa ao quarto
Onde os jovens deixou.
Quis reclamar sua parte,
Mas para a noite deixou.

Leonora despertou
Completamente assustada.
Porém, indo a seu quarto,
Ficou muito aliviada,
Ao ver o velho dormindo
Em sua cama adornada.

Chegando perto do velho,
Com cuidado o despertou.
Quando ele abriu os olhos,
Com voz sumida, falou:
— Meu Deus, que sorte infeliz
O destino me traçou!

Leonora, assustada
Com as palavras que ouviu,
Quis abraçar Carrizales,
Mas ele não consentiu.
De modo determinado,
A ela se dirigiu:

— Mande chamar os seus pais.
Diga que venham urgente.
A vida quer me deixar.
Sinto que estou doente.
Porém, antes de morrer,
Quero vê-los novamente.

Ela julgou que o unguento
Fosse a causa da doença.
O velho não vira nada:
Era essa a sua crença.
O velho também não disse
Mais nada em sua presença.

Ela fez tantos carinhos
E demonstrou tal cuidado,
Que o velhote a fitava
Com o olhar triste, parado,
Como se seu coração
Padecesse apunhalado.

Pensava o velho consigo:
"Como é falsa esta mulher!
Traiu-me sem compaixão,
Porém finge que me quer,
Passando por boa esposa,
Mas acabo esse mister[66]."

Todos se admiraram,
Vendo o velho tão mudado.
Mandaram chamar os pais
Da jovem pelo criado.
O velho nem reclamou
Do portão escancarado.

Carrizales, ultrajado,
Longamente soluçou.
Logo que os velhos chegaram,
Os seus olhos enxugou.
Chamou a aia, a esposa,
E deste modo falou:

— Creio que não é preciso
Mais ninguém testemunhar
Os episódios que eu
Pretendo aqui relembrar,
Desde o dia em que pensei
Com vossa filha casar.

— O dote que eu lhe dei
Foi o maior que já vi.
Dava para quatro noivas.
Com grande carinho agi.
Um só objeto pobre
Na casa não consenti.

— Com a vasta experiência
Que a idade nos traz,
Quis proteger sua honra,
Pois me julgava capaz.
Nunca pensei em ser vítima
De um plano torpe e sagaz.

— Nos braços de um rapaz
Que está nos aposentos
Dessa pestilenta aia
Eu a vi, por uns momentos;
Contudo, tem me tratado
Com manhas e fingimentos.

Ouvindo estas palavras
Que o velho pronunciou,
Leonora teve um choque
E ali mesmo desmaiou.
Marialonso, calada,
A sua vista baixou.

O velho continuou,
Falando desta maneira:
— Sou eu o maior culpado,
Pois cometi uma asneira:
Com mais de setenta anos
Casei com moça faceira.

— A jovem inexperiente
Que eu mantinha guardada
Foi vencida pela astúcia
Dessa ardilosa criada.
E, por ela, certamente,
Foi tão mal aconselhada.

— De continuar vivendo,
Já perdi a esperança.
Apesar de tudo isso,
Não quero tomar vingança
E não desejo culpar
Esta ingênua criança.

— Quero que o mundo saiba
O quanto fui caprichoso,
Dando-lhe luxo e conforto,
E, como esposo extremoso,
Deixarei minha fortuna
Para seu proveito e gozo.

— Minha vida está no fim;
Todo o meu ânimo fugiu.
Se ela quiser se casar
Com o jovem que a seduziu,
A nada posso me opor,
Pois meu castelo ruiu.

— Se em vida eu a tratei
Com tanto amor e carinho,
Não quero, depois da morte,
Mudar da água pro vinho:
Morrerei resignado,
Pois toda flor tem espinho.

Leonora, ao acordar,
A sua versão contou:
Que, mesmo persuadida,
Ao jovem não se entregou.
De fato esteve com ele,
Mas a honra preservou.

O velho não se abalou
E disse, nesse momento:
— Vão chamar um escrivão
Pra fazer meu testamento,
Pois sinto que minha vida
Está perdendo o alento.

— Só peço a Leonora
Pra se casar com o citado,
Que certamente por ela
Está muito apaixonado,
A ponto de invadir
Esse local tão guardado.

Libertou os seus escravos
E deixou uma pensão
Para todos que o serviram
Naquela estranha mansão.
Deixou também para os sogros,
Mas pra Marialonso não.

Cinco ou seis dias depois,
Sua vida se extinguiu.
Porém, seu último desejo
Leonora não cumpriu:
Encerrou-se num convento,
De onde jamais saiu.

E Loyasa, com desgosto,
Por não haver conseguido
O amor de Leonora,
Nem tornar-se o seu marido,
Foi embora para a Índia
Viver como um foragido.

Que isso sirva de exemplo
Aos velhos e à mocidade:
Não adiantam paredes,
Nem chaves, portão ou grade,
Quando a vontade é mais forte
E clama por liberdade.

Glossário e notas

1. **chistes:** gracejos, pilhérias.

2. **Tormes:** rio que banha as cidades espanholas de Alba de Tormes e Salamanca.

3. **Salamanca:** município da Espanha localizado na comunidade autônoma de Castela e Leão. É uma das cidades espanholas mais ricas em monumentos da Idade Média, do Renascimento e das épocas clássica e barroca, famosa ainda por sua universidade, uma das mais antigas da Europa.

4. **Málaga:** cidade da Andaluzia, na Espanha, localizada na costa sul do país (mar Mediterrâneo). Originou-se de uma colônia grega na Antiguidade clássica, tendo sido fundada pelos fenícios no século XII a.C.

5. **caserna:** dormitório ou habitação de uma companhia militar dentro do seu quartel. Por extensão, quartel, vida militar.

6. **assentar praça:** ingressar nas Forças Armadas; tornar-se militar.

7. **procelosos:** tempestuosos, turbulentos.

8. **fazia ouvidos moucos:** não dava importância, não levava em conta, desprezava.

9. **moura:** mulher árabe ou berbere habitante do norte da África (Mauritânia, Marrocos). Por extensão, mulher islâmica, muçulmana.

10. **Circe:** personagem da mitologia grega que era feiticeira e que se especializou em produzir venenos. Na *Odisseia*, de Homero, ela tentou inutilmente envenenar Ulisses, que havia obtido um antídoto para os seus feitiços.

11. **toledano:** próprio da cidade de Toledo, descrita por Cervantes como a "glória da Espanha".

12. Dado o estreito vínculo entre a linguagem do cordel e a oralidade, optamos por manter, ao longo de toda a obra, o *lheísmo*, considerando que "em algumas partes do Brasil, [...], esp. na linguagem coloquial, o pron. *lhe*(s) vem usurpando as funções do pron. oblíquo objetivo direto *o*(s) em construções como *não lhe vi*". (Cf. *Dicionário Houaiss de Língua Portuguesa*, verbete "lheísmo").

13. **pisa:** surra, castigo físico.

14. **verdugo:** algoz, carrasco, pessoa que inflige castigos físicos ou pena de morte.

15. **excelsa:** sublime, elevado.

16. **rábula:** advogado.

17. **adágio:** provérbio, máxima, sentença.

18. **taful:** jovial, festivo.

19. **estouvado:** sem jeito, estabanado.

20. **desmantelo:** desorganização; ruína.

21. **arreio:** cada uma das peças que servem para o controle do cavalo pelo montador.

22. **ginete:** cavalo de raça.

23. **ajaezado:** adornado, enfeitado.

24. **lauto:** suntuoso.

25. **desvelo:** zelo, cuidado.

26. **defloramento:** ato de tirar ou perder a virgindade.

27. **passamento:** desfalecimento, perda dos sentidos, desmaio.

28. **carmesim:** que possui uma gradação muito carregada da cor vermelha; avermelhado.

29. **querela:** discussão, debate, contestação, disputa.

30. **mister:** aquilo que é urgente.

31. **ilustrada:** instruída, culta, ilustre.

32. **burla:** embuste, brincadeira de mau gosto.

33. **Petrarca:** Francesco Petrarca (1304-1374) foi um poeta italiano. É considerado o criador do soneto, tipo de poema composto de 14 versos, distribuídos em dois quartetos e dois tercetos. Produziu poemas de grande beleza, muitos deles marcados por questionamentos filosóficos. É tido como o pai do Humanismo, corrente filosófica que levou à Renascença.

34. **alferes:** posto ou graduação militar existente nas Forças Armadas de alguns países. Normalmente, corresponde a um posto das categorias de oficial subalterno, equivalendo à patente de segundo-tenente ou subtenente.

35. **cajado:** espécie de bengala tosca de madeira para apoio de quem caminha.

36. **escudos:** antiga moeda espanhola.

37. **aperreio:** vexame, aflição.

38. **o rei nu:** referência à personagem do conto "As roupas novas do rei", do dinamarquês Hans Christian Andersen (1805-1875), que é enganada por um bandido que se faz passar por alfaiate. Fingindo ter criado uma roupa mágica para o rei, o fora-da-lei faz com que o monarca desfile totalmente nu em plena rua. O rei somente percebe que havia sido enganado quando uma criança grita no meio da multidão que ele estava nu.

39. **aviltante:** desonroso, humilhante.

40. **amealhou:** economizou, poupou, acumulou riquezas.

41. **Verona:** cidade italiana famosa pelos monumentos antigos que preserva (arena, catedrais, etc.).

42. **refrega:** peleja, combate. Figurativamente, significa os vários obstáculos e dificuldades que enfrentamos no dia a dia.

43. **embuste:** engano, mentira.

44. **pesos:** antiga moeda espanhola.

45. **louro:** áureo, brilhante, magnífico, nobre.

46. **lume:** luz.

47. **ducados:** nome de antigas moedas espanholas.

48. **despenseiro:** pessoa encarregada de uma despensa. Por extensão, criado, serviçal.

49. **mandrião:** malandro.

50. **Virgem Pia:** um dos tratamentos dados à Nossa Senhora, comum na literatura sacra do século XIX.

51. **perra:** no Nordeste, diz-se quando alguma coisa está emperrada.

52. **torquês:** instrumento de metal formado por duas peças, com as quais se pode arrancar ou apertar um objeto. Também chamado de turquês ou tenaz.

53. **peralvilho:** indivíduo afetado nas maneiras, no falar e no vestir; pessoa exageradamente elegante.

54. **alforje:** espécie de saco, fechado nas extremidades e aberto no meio, por onde se dobra, formando dois compartimentos.

55. **pua:** ferramenta manual que serve para fazer furos (em geral, na madeira).

56. **bardo:** poeta.

57. **gibão:** veste de couro curtido, muito usada pelos vaqueiros nordestinos, e que vai do pescoço à cintura.

58. **da prima até o bordão:** da corda mais fina até a mais grossa do violão.

59. **Matusalém:** personagem citada na Bíblia como aquela que teve a vida mais longa entre os humanos, tendo morrido aos 969 anos. Figurativamente, diz respeito a toda pessoa de idade avançada.

60. **colóquio:** diálogo entre duas ou mais pessoas. Também significa palestra entre duas ou mais pessoas, sendo o mesmo que conferência, simpósio, seminário, etc.

61. **caçote:** no Nordeste, o mesmo que rã.

62. **enxovia:** parte térrea ou lajeada da prisão, no mesmo nível ou abaixo do nível da rua. Por extensão, significa qualquer espaço muito sujo, escuro, mal arejado e insalubre.

63. **estrado:** sobrado de madeira pouco erguido do chão, formando uma espécie de palanque ou palco.

64. **ladina:** indivíduo que mostra astúcia ou esperteza; o mesmo que espertalhão.

65. **Alvíssaras:** expressão usada para exprimir contentamento por uma boa notícia. Equivale a *Viva!*, *Parabéns!*, etc.

66. **mister:** trabalho, ofício.

Os autores

Stélio Torquato Lima

Nasci em Fortaleza, em outubro de 1966. Sou doutor em Letras pela Universidade Federal da Paraíba (UFPB) e professor de Literaturas Africanas de Língua Portuguesa na Universidade Federal do Ceará (UFC), onde também coordeno o Grupo de Estudos Literatura Popular (GELP).

Em cordel, publiquei a versão de mais de vinte obras da literatura universal e também uma do romance *Iracema*, de José de Alencar. O cordel *Lógikka, a Bruxinha Verde*, de minha autoria, foi selecionado no Prêmio Mais Cultura de Literatura de Cordel 2010 – Edição Patativa do Assaré, organizado pelo Ministério da Cultura.

Em 2011, tive o cordel *O Pastorzinho de Nuvens* premiado em primeiro lugar (categoria 6 a 7 anos) pelo PAIC (Programa de Alfabetização na Idade Certa), da Secretaria de Educação do Estado do Ceará.

Arievaldo Viana Lima

Escritor, poeta popular, radialista, ilustrador, chargista e xilogravador, nasci em setembro de 1967 no Sertão central do Ceará.

Criado com feijão de corda, cuscuz e rapadura, à luz de lamparina e bebendo água de pote, fui alfabetizado em meados da década de 1970 graças ao valioso auxílio da literatura de cordel. Tive como referências meu pai, Evaldo Lima, e minha avó, Alzira de Sousa Lima, que liam folhetos de cordel em voz alta para as crianças da família.

Comecei a publicar meus livros e folhetos de cordel no final da década de 1990. Em 2000, fui eleito para a cadeira 40 da Academia Brasileira de Literatura de Cordel. Dois anos mais tarde, conquistei o prêmio Domingos Olímpio de Literatura, promovido pela Prefeitura de Sobral, no Ceará, pela adaptação do romance *Luzia Homem* para o cordel.

Escrevi mais de cem folhetos de cordel e cerca de vinte livros, alguns dos quais adotados pelo MEC por intermédio do PNBE (Programa Nacional Biblioteca da Escola).

O ilustrador

Jean-Claude Ramos Alphen

Nasci no Rio de Janeiro e sou franco-brasileiro.

Já ilustrei mais de sessenta livros de outros autores e escrevi, até agora, onze livros, três dos quais receberam o selo "Altamente Recomendável" da Fundação Nacional do Livro Infantil e Juvenil (FNLIJ). Em 2010, recebi o Prêmio Glória Pondé da Biblioteca Nacional, além de ter sido finalista do Prêmio Jabuti por duas vezes.

Foi muito prazeroso dar vida às personagens de Cervantes, pois gosto muito de trabalhar as vestimentas e os lugares históricos depois de muita pesquisa. Assim, viajo pelos séculos e coloco ali minha pitada de imaginação e fantasia.

Este livro foi composto na tipologia Electra e impresso em papel offset 150g em janeiro de 2014.